코다
다이어리

Les mots qu'on ne me dit pas
by Véronique Poulain
Copyright© Editions Stock, 2014

Korean translation copyright©2023, Vision B&P Publishing co.,
This Korean edition is published by arrangement with Editions Stock through
Bookmaru Korea literary agency in Seoul.
All rights reserved.

이 책의 한국어판 저작권은 북마루코리아를 통해 Editions Stock와의 독점계약으로 비전비엔피가 소유합니다.
신저작권법에 의하여 한국내에서 보호를 받는 저작물이므로 무단 전재와 복제를 금합니다.

나에게 말하지 않는 단어들

코다 다이어리

베로니크 풀랭 지음 | 권선영 옮김

애플북스

* 일러두기

1. '농인'은 수어를 제1언어로 소통하는 사람을 뜻합니다. '청각 장애'라는 표현은
   '장애'에 초점을 둔 단어이므로 이 책에서는 꼭 필요한 경우 외에는 모두 '농인'
   이라는 단어를 사용하였습니다. 그 반대 의미는 '청인'으로 표현하였습니다.

2. 〈한국수화언어법〉에서는 '한국수화언어'가 국어와 동등한 자격을 가진 농인의
   고유한 언어임을 밝힙니다. 이 책에서는 이 언어를 '수어'로 표기했습니다.

3. 이 책에서 사용하는 수어가 구체적인 묘사로 표현된 경우에는 〈국립국어원 한국
   수어사전〉을 기준으로 표기하였습니다.

4. 책 본문에 등장하는 문장 중 수어로 표현된 대화에는 독자의 이해를 돕기 위해
   수어의 표현법을 최대한 살리는 동시에 가독성을 함께 고려한 방향으로 표기하
   였습니다. 또한 수어로 표현된 문장은 '‿' 기호를 추가하고 고딕체로 표기하였습
   니다.

갱스부르   제게 "당신을 사랑해……"라고 하면 저는 "난 아
       냐"라고 말하죠. 그 말을 안 믿는 척하기 위해서요.

기자   하지만 "사랑해"라는 말은 할 수 있으시죠?

갱스부르   아니요.

기자   복잡한가요?

갱스부르   네, 어쩌면요.

기자   "사랑해"라고 말하는 게 당신에게는 어렵군요.

갱스부르   모두들 "사랑해"라고 말하는데 나는 다르게 이야기
       하고 싶어요.

세르주 갱스부르의
《생각들, 자극들 그리고 다른 소용돌이들》 중에서

우리 부모님은 소리를 듣지 못한다.

듣지도 못하고 말하지도 못한다.

하지만 난, 아니다.

나는 두 개의 언어로 말하고, 두 개의 문화 속에서 살아간다.

단어, 말 그리고 음악이 있는 '소리'의 낮.

그리고 몸짓, 손짓 그리고 시선이 오가는 '고요'의 밤이 존재한다.

말과 수어, 두 세상으로의 항해.

두 개의 언어.

두 개의 문화.

그리고 두 개의 세상이 존재한다.

나는 엄마의 치마를 잡아당겼다. 나를 좀 봐달라는 뜻
이다.

엄마는 몸을 돌려 나를 보며 웃었다. 그리고 머리를
살짝 기울였다.

- 응?

이런 뜻이다. 나는 엄마를 올려다보며 오른손으로 가
슴을 가볍게 두드렸다.

- 나.

그다음 입 안에 손가락을 넣었다 뺐다.

- 먹을래.

내 서툰 수어를 보고 엄마가 웃었다. 엄마는 양손 엄
지를 배에 대고 나머지 손가락을 엄지에 포개며 몸을

약간 숙였다.

– 배고파?

이것이 엄마와 아빠의 세상에서 대화하는 방식이다.

'맞아요, 엄마. 나 배고파요.'

목이 말랐다. 나는 엄마를 찾았다. 걸음마를 갓 시작했을 무렵이었다. 비틀비틀 주방까지 걸어가다가 그만 균형을 잃었다. 엄마가 순간적으로 돌아보고는 가까스로 나를 붙잡았다.

아무 소리도 못 들었을 텐데.

엄마는 항상 내게 무슨 일이 일어나는지 감지했다.

내 목소리를 듣지 못하는 만큼 부모님은 열심히 나를 지켜보았다. 내게 아무 일도 일어나지 않는 것은 당연했다. 그만큼 엄마 아빠는 한시도 나에게서 눈을 떼지 않았다.

부모님은 늘 나를 매만지고 쓰다듬어주었다. 눈빛과 손짓, 미소, 내 볼을 어루만지는 손길……. 모두 말을 대신하는 것들이었다. 뭔가가 마음에 들지 않을 때 엄마, 아빠는 눈살을 찌푸렸다. 사랑한다고 말하고 싶을 때는 나를 꼭 끌어안고 뽀뽀해 주었다.

이런 상황이 그렇게 나쁘지만은 않았다. 오히려 난 엄마 아빠가 더 자주 뽀뽀해 주길 바랐다. 특히 아빠가 더 많이 뽀뽀해 줬으면 했다.

우리 집은 조그마하다.

나는 부모님과 같은 방에서 잤다.

나는 밤중에 절대 울지 않았다. 어차피 부모님은 내가 내는 소리를 듣지 못하기 때문에 아무 소용이 없다.

엄마는 밤에 두세 번씩 깨서 내가 잘 자고 있는지, 혹시 자다가 죽지는 않았는지 확인했다.

조금 더 자라 걸어 다닐 수 있게 되었을 무렵, 뭔가 필요하거나 악몽을 꾸고 나서 달래줄 사람이 필요할 때는 일어나 그들을 깨웠다.

하지만 자주 있는 일은 아니었다. 나는 잠을 아주 잘 자는 아이였고 모든 소리에 둔감했기에 내 잠자리는 평온했다.

엄마가 바느질을 한다. 나는 옆에 앉아서 조용히, 아무 소리 없이 엄마를 관찰한다. 엄마는 가끔 나를 쳐다보며 웃었다. 엄마는 바느질할 때 입에 핀을 문다. 핀이 필요 없을 때는 색색의 중국인 캐릭터 패턴이 그려진 빨간 새틴 핀쿠션에 꽂아놓았다. 나는 이 핀쿠션을 갖고 노는 것을 좋아했다. 핀쿠션은 부드럽고, 예쁘다.

엄마는 바느질거리를 내려놓고 핀쿠션에 있는 작은 중국 사람 하나를 가리키며 입술로 '주황색'이라고 발음했다. 말 뒤에는 수어가 따라왔다. 나는 엄마 말을 반복하고 수어 동작을 따라 했다.

파란색, 빨간색, 노란색도 같은 방식으로 익혔다.

가끔 수어 동작을 반대로 따라 하여 아무런 의미가 없

는 말이 되기도 했다.

　그러면 엄마는 고쳐준다.

　나는 엄마에게서 색깔에 대해 배웠다.

　그것도 두 가지 언어로.

　엄마의 목소리는 희한하다. 엄마는 길에 있는 사람들과는 다르게 말한다. 하지만 우리 엄마다. 그리고 나는 엄마를 이해한다.

낮에는 외할머니가 나를 돌봐주었다.

저녁 6시 30분에 엄마 아빠가 퇴근하고 집에 오시면 부모님에게 돌아가야 하는 시간이다. 계단 하나하나를 조심스럽게 딛고 내려갔다. 우리 집은 바로 아래층이다.

아빠가 문을 열어주었다. 나는 손바닥을 입술에 가볍게 대었다 떼면서 아빠한테 뽀뽀를 보냈다. '안녕'이라는 뜻이다. 그리고 아빠 품에 안겼다.

그렇게 나는 위층에서 아래층으로 간다. 손짓 하나에 이 세상에서 저 세상으로 간다.

4층에서 외할머니 외할아버지와 함께 나는 듣고 말한다. 아주 많이, 유창하게. 3층에서 부모님과 함께일 때 나는 듣지 못한다. 그들과는 손으로 소통한다.

1935년 프랑스 로렌에서 수잔과 피에르는 결혼했다.
두 아들이 태어났다. 첫째 앙리는 후에 스트라스부르 대
학교 법대 교수가 된다. 앙리가 태어나고 몇 년이 지난
1939년, 둘째 장클로드가 태어났다.

　　태어난 지 9개월 정도 된 장클로드는 너무 자주 울었
다. 아마도 치아 때문일 것이라 생각했다. 이가 나올 시
기였기 때문이다. 하지만 그 이유가 아니었다. 아기는
경련을 일으키고 눈이 뒤집혔다. 뇌염 진단을 받았다.
그는 더 이상 소리를 들을 수 없게 되었다. 장클로드의
삶은 무너져 버렸다. 한숨의 나날이 계속되었고, 소리의
세계에서 고요의 세계로 넘어갔다.

　　장클로드가 여섯 살이 되었을 때 기숙 학교에 들어갔

다. 메스에 있는 국립청소년농인학교였다. 그는 유년기에 구두수선공 자격증을 땄다. 학교에서 제안한 공예 분야의 유일한 직업이었기 때문이다. 장클로드에게는 에티오피아에서 온 아스트라라는 친구가 있었는데 둘은 매우 친했다. 아스트라는 자신이 듣지 못한다는 사실 때문에 방황하던 시기를 거쳐 파리 생자크 거리에 있는 국립청소년농인학교에서 공부하기로 결심했다. 많은 가능성이 있는 수도 파리는 농인에게 낙원이었다. 예를 들어 농인 친목 모임, 농인 축구회, 농인 회관이 있었다. 장클로드는 아스트라를 보러 꼭 파리에 가야 했다. 아스트라가 그에게 여자 친구를 소개해 줄 것이었으므로. 게다가 강베타에서 농인을 위한 큰 무도회가 열린다고 했다. 장클로드는 파리행 기차에 몸을 실었다.

1937년 프랑스 알리에. 로베르는 여자들에게 인기가 많았다. 주중에는 길거리, 건물, 정원 등을 장식하는 장식 화가로 살고 주말에는 아코디언을 연주했다. 젊은 뮤지션은 동네 아가씨들의 마음을 사로잡았다. 그는 어디에 가든 악기를 가지고 다녔고, 삶은 즐겁고 유쾌했다. 어느 날 저녁, 생프리스트에서 열린 결혼식에서 악기를 연주하는 그를 보기 위해 아가씨들이 앞다투어 몰려왔다. 초록색 큰 눈에 꽃무늬 원피스를 입은 수줍은 표정의 예쁜 아가씨가 로베르의 눈에 들어왔다. 그는 자바 연주를 시작했고 그녀의 시선을 사로잡았다. 그러고선 슬며시 미소를 보냈다. 그녀의 이름은 알리스였다. 옆동네 농장 소작인의 딸이었다.

결혼식을 올리고 일주일 후 알리스는 임신했다. 젊은
부부는 남자의 부모님 집에 신혼살림을 차렸다. 알리스
는 일을 하지 않고 전업주부가 되었다. 로베르는 계속
일을 하고 무도회에는 적게 나갔다. 전쟁이 계속되었다.
남자들은 죽임을 당하고 여자들은 춤을 출 마음이 들지
않았다.

1941년 10월. 알리스는 딸 조제트를 낳았다. 잘 웃고
활달한 아기는 가끔 아주 멍한 모습이었다. 아기는 소리
에 반응하지 않았다. 자기만의 세상에 빠져 있었다. 알
리스는 조금씩 불안해졌다. 무언가 잘못된 것 같았다.
알리스는 하루에도 스무 번씩 손뼉을 치고 가구를 손으
로 두드렸다. 아기는 두 번에 한 번 정도 반응했다.

문이 쾅 하고 닫혔다. 조제트가 놀라서 펄쩍 뛰었다.
알리스는 안심하며 '아! 모든 게 정상이구나' 하고 생각
했다.

그러던 어느 날, 조제트가 나무 막대기를 가지고 놀다
가 선반에 있는 도자기를 떨어뜨렸고, 끔찍한 소리가 났
다. 알리스는 깜짝 놀라 달려갔다. 하지만 조제트는 아
무것도 알아차리지 못하고 전혀 동요하지 않았다.

10개월. 상태를 명확히 알기까지 10개월이 걸렸다. 소
녀는 지각할 수 있는 움직임이나 진동이 동반된 소리에
만 반응했다. 조제트를 돌아보게 하려면 번개나 바람,
그림자처럼 강렬한 무언가가 있어야 했다.

조제트는 들을 수 없었다.

100퍼센트 농인이었다.

1944년 6월. 둘째 아기가 태어났다. 이름은 기였다.

이미 한 번 경험했기에 몇 주 만에 알아차렸다.

가차 없었다.

기 역시 완전히 소리를 듣지 못했다.

로베르와 알리스는 말문이 막혔다.

왜 자신들에게 이런 일이 일어난 것일까? 왜 하필 자신들일까?

그들의 아이들은 장애인이다. 두 명 모두 다! 가족 중에는 그런 사람이 없다.

도대체 신에게 무슨 잘못을 저질렀기에 이런 일을 겪는 것인가?

기는 누나와 달리 말을 하거나 소통하려고 애쓰지 않았다. 그는 쳐다보고 관찰하고 그림을 그렸다. 분필이 자연스럽게 그의 손의 연장선이 되었다. 그에게는 단어나 알파벳이 필요하지 않았다. 머리와 손, 분필, 칠판 그리고 그림이면 표현하는 데 충분했다.

기가 그리는 그림은 그 나이 또래들이 그리는 그림과는 전혀 달랐다. 장식이 없고 스케치는 분명하고 정확했다. 세 살 치고는 표현하려는 것을 정확하게 그렸다.

어린 소년은 수도꼭지에 물방울이 맺히고, 커지고, 떨

어지는 모습을 몇 시간씩 바라보았다.

기와 조제트는 아주 쾌활한 아이였다. 하지만 부모님과의 소통이 어려웠다. 부모님이 눈앞에 있어야 대화할 수 있었다. 부모님이 옆방에 있거나 등을 돌리고 있으면 가서 찾아야 했다. 소통하는 방법을 찾아야 했고 다양한 표정을 지어야 했다. 가장 간단한 방법은 과장해서 발음하는 것이었다.

로베르는 가슴이 무너지는 듯했다. 그는 결혼해서 아이를 여러 명 낳고 싶었다. 자신은 가방끈이 짧았기에 아이들은 대학에 가기를 원했고 아이들이 자기와 같은 음악인이 되기를 바랐다. 기구한 운명이었다.

조제트가 여섯 살이 됐을 때 그들은 조제트를 기숙 학교에 보냈다.

세상에, 이런 기숙사가 있다니!

짐승처럼 비명을 지르는 농인 아이들.

다운증후군 아이들.

정신적으로 불안정한 아이들.

악랄한 수녀 선생님들은 사소한 일로도 아이들을 장롱에 가두었다.

지옥이나 다름없는 곳이었다.

조제트는 몇 주 버티지 못했다. 로베르와 알리스는 파리에 집을 구해 정착했다. 아이들을 국립청소년농인학교에 보냈다. 새로운 삶이 시작되었다. 파리에서는 아이들을 보는 눈이 덜 매서웠다. 알리스와 로베르는 미사에 나가서 그들에게 좋은 미래가 펼쳐지기를 기도했다. 아이들을 정신적인 지체아로 보지 않는 밝은 미래를 염원했다.

로베르는 파리에서 미장일을 구했다. 아코디언도 가져왔다. 하지만 자랑스러운 음악의 시대는 막을 내렸다. 그도 그 사실을 잘 알았다. 음악을 위해 태어났으며 절대음감을 가진 자신과 소리라고는 전혀 듣지 못하는 두 아이라니, 세상은 너무 잔혹했다. 이런 더러운 세상이 다 있나. 그는 가끔 이런 생각을 하며 조소했다.

알리스는 헌신적인 어머니였다. 아이들을 학교에 데려다주고 데려오느라 매일 아침저녁으로 파리 시내를 수 킬로미터나 걸어서 왔다 갔다 했다. 생자크에 있는 학교는 파리 유일의 농인 전문 학교였다. 힘들었지만 그녀는 미소를 잃지 않았다.

조제트는 무럭무럭 성장하여 멋진 여성이 되었다. 농인 학교에서 만난 친구들에게 늘 둘러싸여 있었고, 티 없이 밝았다. 로베르는 아이를 과잉보호했다.

조제트가 배우자를 찾을 때가 되었다. 강베타에 큰 무도회가 열린다고 하니 좋은 기회이다. 그녀는 친구 아스트라와 같이 가기로 했다. 아스트라는 조제트에게 친구를 한 명 소개시켜 주고 싶어 했다.

농인은 농인끼리 결혼한다.

농인은 그들만의 세상에 살고 있으며, 의사소통 능력과 지식수준, 이해력이 비슷하다. 그래서 농인인 엄마 조제트는 농인인 아빠 장클로드와 결혼했고, 농인인 외삼촌 기도 농인 여성과 결혼했다. 그들 사이에서 사촌 에브와 그의 여동생 발레리와 남동생 알렉시가 태어났다.

사촌들은 청인이었다.

나처럼.

나는 태어나서 6개월 동안 유모의 손에 자랐다. 외할머니는 농인 부모가 아이를 잘 돌보지 못할 것이라 생각하셨고 나를 위한 최선의 선택이라고 믿었다.

유모 집이 멀어서 나는 기숙사 생활을 하듯 평일 내내 유모네 집에서 지내다가 주말이면 집에 왔다. 평소의 나는 조용한 아이였는데, 유모가 나에게 수면제를 먹였기 때문이다. 수면제 때문에 평소에 돌아다니지 못했기 때문에 주말에 부모님 집에 가면 분주하게 움직였다. 어느 날 외할아버지가 그 사실을 알아차리기 전까지 이 상황은 반복되었다. 외할아버지는 낯선 사람이 나를 돌보는 것을 마뜩잖게 여겼다. 어느 금요일 저녁, 외할아버지는 나를 데리러 오셨고, 나는 다시는 그곳으로 돌아가지 않았다.

레스토랑에 가면 나는 다른 아이들처럼 얌전히 있지를 못했다. 나는 자리에서 일어나 테이블 사이를 돌아다니는 것을 좋아했다. 사람들에게 다가가 말을 걸었다.

　"넌 뭐 먹니? 맛있어? 나는 부모님이랑 저쪽 테이블에 있어. 부모님은 농인이야."

　재잘거림을 멈추지 못했다. 나는 이 사실이 너무 자랑스러워서 모두에게 이야기했다. 그때마다 엄마는 나를 찾으러 와서 서툰 발음으로 "재덩애요"라고 말했다. 나는 수어를 하면서 엄마 말을 끊었다. 내가 두 가지 언어를 할 수 있다는 것을 보여주기 위해서였다. 나는 엄마가 우리처럼 행동하려 노력하는 것이 마음에 안 들었다. 남들과 다른 것이 나의 장점이라고 생각했기에 다른 사람들의 관심을 끌기 위해 노력했다.

하지만 가끔은 엄마가 소리를 들을 수 없어 난처할 때
도 있었다. 엄마는 때때로 배에 가스가 찬 나머지 버스
안에서 엄청난 소리로 방귀를 뀌었다. 그러나 엄마는 그
소리를 가늠하지 못했다. 자신이 낸 소리를 전혀 듣지
못했기 때문이다. 물론 나와 다른 사람들은 알았다.

거리를 걸을 때도 곤란했다. 나는 걸을 때마다 우리를
쳐다보는 시선들이 불편했다. 엄마도 그 사실을 알고 있
었기에 최대한 조심하려고 노력했다. 그래서 가능한 한
내게 말을 하지 않았다.

빵집에서 엄마는 바게트를 달라고 했다.
"뭐라고요? 못 알아들었어요. 뭘 달라고요?"
"바에드 아나."
판매원은 당황한 기색이 역력했다.

드디어 내가 엄마를 도울 순간이다.

"바게트 주세요."

"아, 그럴게요. 죄송해요."

나는 빵집을 나가면서 판매원을 한 번 째려봤다.

이런 상황에 익숙한 엄마는 슬며시 웃었다.

가끔 사람들이 나에게 엄마의 말을 이해하지 못했으니 통역을 해달라고 부탁한다. 그러면 엄마는 짜증을 낸다.

- 내 딸한테 물어보지 마세요. 빵, 빵 달라고요. 어렵지 않잖아요.

나는 좀 난처하긴 하지만 엄마 말이 맞다. 사람들은 너무 멍청하다. 우리 부모님을 바라보는 시선들이 과장되어 있다.

사람들은 우리 부모님을 마치 바보 보듯 쳐다본다. 사람들은 부모가 농인이면 끔찍할 것이라 생각한다. 하지만 그렇지 않다.

나는 아니다.

나는 상관없다. 이게 내 삶이고, 나에게는 매우 당연한 일이다.

부모님과 같이 지하철을 탈 때도 난처한 일은 발생한다.

어느 날 부모님과 함께 지하철을 타고 뱅센에 있는 동물원에 갔다. 엄마 아빠는 둘이서 이야기를 나누었다. 그러자 사람들이 부모님을 쳐다봤다. 지하철에서 내린 사람들은 문이 닫히자 뒤돌아 엄마 아빠를 관찰했다. 어떤 이는 손으로 입을 가리고 킥킥 웃었고, 또 어떤 이는 아무것도 못 본 척했다. 나는 너무 창피했고 동시에 우리 부모님을 신기한 동물 보듯 쳐다보는 것을 견딜 수 없었다. 처음에는 참았다. 아빠 손을 세게 잡고 아무것도 못 본 표정을 지었다.

하지만 몇 정거장 지난 후 화가 치솟아서 폭발하고 말았다.

"뭐요? 뭘 그렇게 보는 거예요? 우리 부모님은 농인이에요. 그게 어때서요? 방해돼요?"

정적이 흐른다. 지하철 안에 있는 사람들은 자기 발만 쳐다본다. 우리 부모님도 상황을 알아차리고 나에게 진정하라고 한다. 그리고 이야기한다.

– 항상 그렇지 뭐. 상관없어.

나의 슬픔을 기억한다.

내가 느낀 분노를 기억한다.

내 안의 폭력성, 살기를 기억한다.

나는 엄마 아빠를 지키고 싶었다.

나는 부모님에 대한 자랑스러움과 창피함, 분노 사이에서 끊임없이 방황했다.

✳

- 엄마, 우리 오늘 뭐 해?

- 너 뭐 원해?

- 나도 몰라. 수영장?

- 수영장 안 돼. 너 산책 원해?

- 엄마, 우리 뭐 먹어?

- 고기랑 감자.

- 몇 시?

- 10분 후.

　주말 동안 3층에서 내가 부모님과 나눈 유일한 대화
다. 농인과 나누는 따분한 대화들이다.

나는 수다스럽다. 그야말로 굉장한 수다쟁이다.

나는 거울 앞에서, 인형들에게, 나 자신에게 큰 소리로 끊임없이 말한다.

하지만 엄마 아빠와는 말을 하지 않는다.

집 안은 무척 조용하다.

집에서는 너무 심심하다.

나는 침대에 누워 있다.

혼자.

슬픔에 잠겨서.

내가 봐도 스스로가 좀 자폐아 같다.

창문 앞에 서서 이 또한 지나가리라 생각하며 시간이 흘러가기를 기다린다. 이 순간이 너무 길게 느껴진다.

활기찬 삶, 많이 웃는 삶을 상상한다.

현실이 너무 지루해서 상상과 꿈으로 머릿속을 가득 채웠다.

부모님 집에서는 영화가 무음이다. 배경음악이나 언성을 높인 욕이나 웃음, 대화가 없다. 나는 어른들의 대화를 들을 필요가 있는데…….

하지만 부모님은 말이 없었다.

가끔 엄마한테 TV를 틀어달라고 했다. 나는 TV를 보지는 않고 목소리만 듣는다. 목소리를 듣기 위해서 TV를 틀어야 했다.

나는 고요함에 대해 말할 수 있다. 부모님들이 말을 하지 않기 때문에 집안은 고요해 보였지만 그들의 시끄러운 숨소리, 입으로 내는 소리들, 냄비를 옮기는 소리 때문에 절대 고요하지 않았다.

불쾌하고 위협적인 소리들이 죽고 싶을 만큼 싫었다. 나는 말을 하고 싶었다.

정적을 더 이상 견딜 수 없을 때는 그리 멀지 않은 4층으로 도망쳤다. 외할아버지 외할머니네 집에 가면 나는 보상을 받을 수 있었다. 속사포로 말을 했다. 그들은 정상적인 손녀를 보는 행복감과 기쁨에 나를 내버려뒀다. 자식들과는 하지 못했던 일을 나와 했으니까. 가끔은 할 말이 없어도 그들을 기쁘게 해주기 위해 이야기를 했다. 외할아버지는 내가 음악가가 될 것이라고 선언했다. 그리고 나에게 음악의 기초를 가르쳐주었다.

외할머니도 찬성했다.

"음악 하는 사람 좋지. 자기만의 세계를 만들 수도 있고, 음악가로 살면 행복할 거야."

나는 아픈 사람들을 돌보는 의사가 되고 싶었다.

외할아버지는 나에게 존경의 대상이자 무조건적인 사랑이었다. 이 마음은 할아버지가 나를 유모에게서 데려가려고 오신 그날부터 시작되었다. 그리고 이것은 상호적인 감정이었다. 나는 외할아버지의 기대에 부응하고 싶었고, 그가 나를 자랑스러워하길 바랐다.

외할아버지는 영원한 나의 영웅이다.

내가 태어난 날부터 당신이 돌아가신 2007년까지 어떠한 상황에서도 나를 지지하고 믿어주었기 때문이다. 나는 외할아버지에게 나의 소소한 불행을 이야기했다. 좀 더 크고 나서는 직업이나 애정전선의 좌절감을 털어놓았다. 외할아버지는 그럴 때마다 나를 위로해 주었다.

"걱정 마, 모두 다 잘할 수 있어. 결국 다 이겨내고 해

낼 거란다."

나는 그 말을 믿었다.

사랑스러운 우리 외할머니 외할아버지도 내가 처음 남자 친구를 사귀었을 때, 조심해야 한다고 끊임없이 이야기했다. "누가 장애인 부모를 둔 너랑 아기를 낳고 싶어 하겠니? 누가 너랑 지속적인 관계를 유지하고 싶어 하겠니?"

그 이야기를 들을 때마다 나는 짜증이 났다. 애초에 아이를 낳을 생각도 없었는데 말이다.

오늘은 무도회에 간다.

농인 회관이 춤을 추는 스테이지로 바뀌었다. 무대 뒤에는 음악을 듣지 못하는 사람들에 의해 고용된 오케스트라와 음악가들이 있었다. 농인들은 연주되는 음악을 듣지 못하지만 웃으면서 탱고, 살사, 록, 자바를 춘다. 얼마나 에너지가 넘치던지! 얼마나 감정이입이 되던지! 얼마나 인류애가 넘치던지!

오케스트라 옆쪽의 전광판에서 어떤 음악이 나오는지 알려준다. '탱고'라고 적힌 전광판을 보고 엄마는 아빠를 잡고 격렬하게 몸을 던진다. 잠시 후 커플들은 서로 감싸 안았다. 전광판에 '슬로 댄스'라고 적혀 있었기 때문이다. 내가 만약 전광판을 뒤집으면 어떻게 될까?

✳

나는 억지로 농인들의 저녁 모임에 간다. 토요일 저녁
에는 농인 회관에서 맥주 한잔 하는 농인 모임이 열린
다. 엄마 아빠는 즐거운 저녁을 보내겠지만 나는 고통스
럽다. 온통 수어만 오가기 때문이다. 나는 그들의 말을
온전히 이해하지 못했다. 움직이는 손, 온갖 방향으로
뻗어 나가는 팔은 꽤 아름다웠지만, 그들이 무슨 이야기
를 하는지는 알 수 없었다. 희한한 웃음소리, 의성어들
그리고 꿀꿀거리는 불평들, 헐떡거리는 소리, 가끔씩 들
리는 단어 하나……. 그럴 때면 이들 사이에서 뭘 하고
있나 싶었다.

가끔 아빠가 팔로 나를 껴안는다. 다들 나를 껴안거나
머리카락을 만지거나 볼을 꼬집는다. 나는 그게 싫다.

그들은 이상한 방식으로 감정을 표현한다. 나는 그게 싫지만 익숙해지긴 했다. 나를 모르는 사람들은 아빠에게 내가 농인이냐고 묻는다. 아니다. 난 아니다. 나는 들을 수 있고 말도 할 수 있다.

　그리고 집에 가고 싶다.

나는 엄마 아빠와 떠나는 휴가를 좋아한다. 우리는 항상 바닷가로 떠났다. 부모님은 내가 바닷가에서 실컷 놀게 내버려 두면서도 곁눈질로 나를 살폈다. 세 살쯤 되었을 때는 같이 이야기 나눌 수 있는 사람을 만나기 위해 모험을 즐겼다. 생각에 빠져 걷다 보면 부모님과 멀어진다. 해변은 거대했다. 엄마는 길을 잃으면 어떻게 해야 하는지 잘 알려주었다. 움직이지 말고 기다리라고 했다. 나는 모래 위에 앉아 공놀이하는 사람들을 바라보았다. 어떤 아줌마가 다가와서 나에게 혼자냐고 물었다. 스피커로 부모님을 불러주길 원하는지도 물었다.

"괜찮아요. 우리 부모님은 소리를 못 들어요. 여기서 그냥 기다릴게요."

우리 부모님은 미친 듯이 나를 찾아다녔고, 나는 두 시간 동안 부모님을 기다렸다.

사촌 에브의 경우는 완전히 다르다. 외삼촌 기는 최악의 휴가를 만드는 재주를 가졌다. 외삼촌은 그의 조상, 즉 뿌리를 찾아다니는 일에 집착했는데 4월부터 조사를 시작했다. 부엌 테이블에 지도를 펼쳐놓고 매주 일요일에 성지순례 갈 곳을 찾았다. 농인들의 성지 말이다.

외삼촌은 프랑스 곳곳을 다니며 로드 무비를 찍는다. 보주 끝자락에서 되세브르나 파드칼레까지, 외삼촌은 자신만의 상상력을 동원해 비슷한 장소를 찾아냈다. 1832년 수녀가 농인 아이를 받아들인 곳, 1738년 에페 수녀원 근처에 살았던 농인이 살던 집을 찾아가면 집은 사라진 지 오래되었고 그런 곳이 있었다는 사실을 아는 사람은 아무도 없었다. 외삼촌은 집들을 찾아다니며 물어보고는 짜증을 낸다. 에브는 무슨 말을 하는지 도저히 모르겠다는 표정을 짓는 마을 사람들에게 아빠 말을 통역해 주는 일을 포기했다. 매년 3주 동안 클레르몽페랑에서 브줄로, 그리고 디종와 메스를 통과했다. 불쌍한 사촌 에브는 아주 신성한 바캉스를 보냈다.

어느 해 외삼촌 가족은 브르타뉴 지역에서 오리 춤에 빠져들었다. 여름의 춤이었다. 외삼촌이 브르타뉴 정통 춤이라고 확신하면서 거실에서 몸과 팔을 좌우로 흔들며 춤을 보여줬던 기억이 난다.

9월은 새 학기가 시작되는 달이다. 유치원, 친구들, 간식, 노래, 시, 암기…….

말하고 노래 부르고 소리 지르고 이야기를 들려주는 생활이 마음에 든다.

나는 길을 가다가 마주치는 가게 앞에 멈추어 내 앞에서 춤추는 단어들을 이해하고 읽고 쓰고 싶었다. 부모님은 읽고 쓸 수 있었지만 나에게 읽고 쓰는 방법을 가르쳐줄 수는 없었기 때문이다. 농인에게 알파벳 하나하나를 똑바로 발음하는 일은 고되고 고통스럽다.

엄마 아빠에게는 나에게 가르쳐줄 수 있는 능력이 없다. 그래서 나는 외할머니에게 부탁했다. 외할머니는 나에게 글을 가르쳐줄 수 있다는 사실에 큰 기쁨을 느끼고 열심히 가르쳐주셨다. 1968년 12월, 난 황홀함과 행복함에 도취되어 있었다. 처음으로 단어를 쓸 수 있게 되었기 때문이다. 그 단어는 '말', 망아지의 아빠라는 뜻이다.

내 인생은 흥미로워지기 시작했다. 글을 읽을 수 있게 되자 드디어 심심함에서 벗어났다. 팸플릿, 공지, 신문, 우편함에 적힌 이름, 벽에 붙은 광고뿐 아니라 분홍, 초록, 빨강, 금박 두른 책의 제목까지 모두 읽을 수 있었다. 눈에 띄는 모든 것을 읽었다. 나에게 말하지 않는 단어들을 모조리 집어삼켰다.

✳

  부모님은 학교 합창단에 등록해 달라는 내 요구를 들
어주었다. 나는 노래 부르는 것을 좋아한다. 오늘은 연
말 공연에서 콘서트를 여는 매우 중요한 날이다. 우리
부모님도 오셔서 첫 번째 줄에 앉아 계셨다. 엄마 아빠
는 그들의 방식으로 듣고 적절한 순간에 박수를 쳤다.
내가 하는 것을 전혀 이해하지 못했지만, 나를 진심으로
응원해 주셨다. 나의 온갖 변덕에도 말이다. 내가 전통
춤을 배우려고 노래를 포기했을 때도 내 공연을 한 번
도 놓친 적이 없었다. 나를 자랑스럽게 여긴 것 같다.

"근데 너는 부모님이랑 어떻게 대화해?"

누군가가 묻는다.

더 이상 못 참겠다. 이런 질문에 답하는 것은 짜증 난다.

나보다 좀 더 착한 에브는 손으로 대화한다고 설명해 준다.

하지만 친구들은 에브의 말을 믿지 않고 거짓말쟁이 취급 했다. 그래서 에브는 '우리 아빠는 화가이고 나에게 온갖 색깔의 깃발이 든 상자를 주어서 필요한 깃발을 꺼내 아빠랑 대화한다'고 했다. 예를 들어 화났을 때는 빨간색을 꺼내고, 배가 고프면 베이컨이랑 감자튀김이 그려진 깃발을 꺼낸다고 꾸며냈다.

이 이야기는 학교 전체로 퍼져나갔고 선생님의 호기

심을 유발했다. 선생님은 에브에게 깃발이 들어 있는 박스를 가져와서 농인들이 어떻게 소통하는지 아이들에게 보여달라고 부탁했다. 거짓말이 탄로 날까 봐 염려한 에브는 깃발이 너무 많아져서 작은 상자에 전부 담을 수 없게 되었다고 했다. 하지만 다음 주 월요일에 이 모든 것을 설명해 줄 그림을 가져오겠다고 약속했다. 그날 저녁, 에브가 외삼촌에게 자신이 처한 상황을 설명하자 외삼촌은 재미있어하며 주말 내내 그들의 일상 이야기를 담은 만화를 그렸다. 거짓말은 크면 클수록 더 잘 속아 넘어가는 법이다.

집에서 엄마 아빠를 부르면 우리 부모님은 왜 나를 보러 오지 않는 걸까?

부모님을 부르는 여러 가지 방법이 있다.

· 게으른 방법: 그들이 돌아보기를 기다린다. 급하게 물어볼 것이 있을 때는 사용할 수 없다.

· 적극적인 방법: 내가 급하게 말해야 할 것이 있을 때는 일어나서 어깨를 툭툭 친다.

· 내가 가장 많이 쓰는 방법이지만 무기력한 방법: 불을 껐다 켠다. 엄마 아빠는 그제야 돌아보고 말을 건다.

책을 바닥에 던지는 방법도 있다. 하지만 내 책들을 너무 좋아하기 때문에 책을 던지면 마음이 아프다. 그래서 결국 물건을 던진다. 바닥이 아니라 엄마 아빠에게.

  가끔 난처할 때가 있다.
  화장실에 있는데 휴지가 없거나 엄마 아빠가 일하러
가면서 내가 집에 있는지 모르고 문을 잠가버릴 때다.
그들은 문 안쪽에서 소리치는 내 목소리를 듣지 못한다.
나는 고함을 지르지만 귀가 들리는 사람들의 반사 행동
일 뿐, 아무 소용이 없다.

"너희 부모님은 뭐가 문제야?"

"왜 정상이 아니야?"

"목소리가 왜 저래?"

"완전 귀가 먹은 거야? 아니면 조금은 듣는 거야?"

"그러니까 음악도 전혀 못 듣는다는 거야?"

"저렇게 태어나신 거야?"

"근데 너는 왜 농인이 아니야?"

"신기하네. 너는 어떻게 말을 배웠어?"

"너도 손으로 말을 해?"

"네가 아이를 낳으면 걔네도 농인인 거야?"

학교에서 친구들에게 이런 질문들을 받는 게 신물이

난다. 항상 같은 질문들이 끊임없이 이어진다.

그래서 부모님의 장애에 대해 더 이상 말하지 않기로 결심했다. 심지어 부모님에 대해서는 아무것도 이야기하지 않았다.

다들 나를 좀 내버려 뒀으면 좋겠다.

아홉 살이 되는 생일날, 엄마가 생일 파티를 준비해 주었다. 친구들이 곧 도착할 것이다. 나는 긴장감에 발을 동동 굴렀다. 딩동. 친구들이다. 아무렇지 않게 친구들에게 알려야 한다.

"우리 부모님은 농인이야."

친구들은 불편한 기색으로 좌우를 두리번거리며 어떻게 해야 할지 몰라 바닥을 쳐다보며 엄마한테 소심하게 "안녕하세요" 하고 인사한다. 이런 상황이 짜증 난다.

결국 내가 얘기를 하든 안 하든 불편한 상황이 된다.

엄마는 내 기분에 맞춘답시고 사라지거나, 간식을 먹는 시간 내내 아무 소리도 내지 않으려고 노력한다. 그리고 나에게 말을 걸지 않는다. 엄마는 당황한 어린아이들 앞에서 웨이터처럼 조용히 있을 뿐이다. 내 친구들이 불편해할까 봐 이런 노력을 하는 엄마를 보면 마음이 아프다. 엄마는 그냥 엄마다. 엄마가 친구들의 비위를 맞출 필요가 없다. 게다가 엄마는 자기 집에 있는 것이 아닌가.

아빠가 발로 바닥을 쿵쿵 구른다. 한숨을 쉬고 눈썹을 들썩이면서 위협적으로 손가락을 들어 방을 가리킨다.

아, 혼나는 순간이다.

아빠는 전혀 소리를 지르지 않는다.

화난 표정으로 나를 바라본다. 내가 태어났을 때부터 우리의 신호다. 나는 아빠가 화가 났음을 알고 있다. 아빠가 조금 무섭다. 나는 아주 빨리 아빠 말대로 방으로 들어간다.

농인들에게도 인디언처럼 그들의 정체성을 보여주는 평생 별명이 있다.

별명은 성격이나 신체적 특징과 관련이 있다.

내 사촌 알렉시는 아주 소란스러운 아이였는데, 두 살 때부터 자주 길에서 도망을 쳐서 아직까지도 '도망자'라는 별명으로 불린다. 오른손 검지와 중지로 'V'를 만들고 손등을 위로 오게 한 다음, 왼쪽 손바닥 밑으로 오른쪽 손등을 스치며 앞으로 나아가게 하면 된다.

엄마는 아주 쾌활하고 밝아서 '미소 천사'라는 별명으로 불린다. 엄지와 검지를 맞대고 나머지 손가락은 주먹 쥐듯 오므린 모양을 만들어 양손을 입 앞에 대고 입모양을 따라 스마일을 그린다. 그리고 오른손 검지로 하늘

을 가리킨 후 양손을 날갯짓하듯 위아래로 움직이면 된
다. 엄마는 진짜 자주 웃기 때문에 이 동작을 빠르게 두
번 반복한다.

아빠는 얼굴이 각지고 볼이 푹 패어서 '보조개'라고
부른다. 양손 검지로 양 볼의 입 옆 부분을 가리키면
된다.

외삼촌은 포동포동해서 '통통한 볼'이라는 귀여운 별
명으로 불린다.

기분 좋지 않은 별명도 있다. '긴 갈고리 코', '달걀 같
은 대머리', '뾰족한 귀'(이건 사르코지 전 대통령이다), '진한
눈썹'(이건 퐁피두 전 대통령), '긴 뱀파이어 이빨'(미테랑 전 대
통령)······. 올랑드 전 대통령은 오래전부터 튤립의 나라
를 표현하는 제스처로 불렸지만, 대통령이 되고 나서는
수어 동작이 바뀌었다. 이제 그의 볼에 있는 두 개의 사
마귀가 별명이 되었다.

이런 제스처들이 없었다면 농인들은 이름의 알파

벳 하나하나를 손으로 써야 했을 것이다. 내 이름 철자 'V-É-R-O-N-I-Q-U-E'를 손으로 일일이 표현하기에는 너무 길다.

나를 표현하는 별명은 '차분한 아이'다. 엄마가 붙여 준 별명이다.

어렸을 때는 왜 나에게 그런 별명을 붙여줬는지 이해 하지 못했는데 어느 날 그 이유를 알게 되었다. 내가 몇 시간씩 창밖을 바라보면서 다른 세상을 바라보는 듯한 모습이 차분한 아이로 느껴졌기 때문이다.

차분한 아이를 수어로 표현하자면 검지를 오른쪽 관 자놀이에 댄 후 두 손을 펴서 손바닥이 위로 손끝이 옆 으로 향하게 하여 아래로 내리면 된다. 얼마나 쉽고 직 관적인지!

문제는 내 별명을 잘못 알고 있었다는 것이다. 그래서 엄마가 바로잡아 줬다.

- 너 별명 차분한 아이 아냐. 가만히 있는 아이. 예전부터.

- 아니야. 차분한 아이. 예전부터.

- 아니. 가만히 있는 아이 맞아.

엄마는 두 손을 아래로 내리긴 했지만 검지를 관자놀이에 댄 적은 없었다.

- 넌 가만히 있을 때가 많아.

나는 아무 말도 할 수 없었다. 30년 동안 내 별명을 잘못 알고 있었다니.

더 간단한 별명도 있다. 한 농인 가족은 독일셰퍼드종 개를 키우고 있어서 그 식구들을 '독일셰퍼드'라고 부른다.

사촌 에브는 그 가족을 자주 만났다. 그들의 딸은 에브와 나이가 비슷하고 들을 수 있기 때문이다. 어느 날, 에브는 그 가족과 함께 대형 마트에 갔다가 그들을 잃어버렸다. 의젓하게 안내 데스크에 가서 도움을 청했다.

"제 이름은 에브이고 친구 부모님을 잃어버렸어요. 혹

시 안내 방송을 해주실 수 있을까요?"

"물론이지. 친구 부모님 이름이 어떻게 되니?"

"독일셰퍼드예요."

"뭐라고?"

"독일셰퍼드요."

"에브라는 어린 소녀가 안내 데스크에서 독일셰퍼드 씨를 찾고 있습니다. 다시 한번 말씀드립니다."

40년이 지난 지금, 아직도 에브는 그들의 진짜 이름을 모른다.

아빠는 말수가 적은 반면 엄마는 말이 너무 많다. 굉장한 수다쟁이다.

엄마는 내 시선을 끌기 위해 너무 자주 내 어깨를 치거나 손을 이리저리 휘젓는다.

엄마 때문에 신경이 곤두선다. 어깨를 툭툭 치는 행동은 정말 참을 수 없는 육체적 괴롭힘이다. 나는 순간적으로 움찔하고 신경이 곤두선다. 불을 껐다 켰다 하는 게 더 나을 정도다.

아빠는 그 사실을 알아차리고 아주 천천히 내 어깨에 손을 얹고 가만히 나를 쳐다본다. 하지만 원하는 바를 명확히 표현하지 않는 이 행동이 나를 더 짜증나게 한다. 나는 이것이 나에 대한 애정이 부족하기 때문이라고 생각했다. 적어도 내 관점에서는 그랬다.

그들이 무엇을 하든 나는 아무것도 할 수 없다는 점이 불공평하다고 생각했다. 부모님이 나에게 이야기할 때 나는 항상 부모님을 쳐다봐야 했다. 신발 끈을 묶거나 서랍을 뒤질 수 없었다. 등을 돌리거나 창밖을 내다볼 수도 없고 책을 읽거나 글을 쓸 수도 없었다. 내가 유일하게 할 수 있는 일은 그들에게서 눈을 떼지 않는 것이었다.

정말 피곤한 일이었다.

엄마 아빠의 이야기를 이해하기 위해서는 쳐다봐야 했다.

몸짓, 표현, 미묘한 몸동작까지 유심히 살펴야 했다.

다른 방법이 없었다. 잠깐이라도 고개를 돌리면 모든 대화 내용을 놓치고 만다.

내가 비록 수어를 완벽하게 이해한다고 해도 라디오를 듣는 것보다 더 많은 집중력이 필요했다. 게다가 엄마 아빠와 이야기하기 위해서는 손에 아무것도 들고 있지 않아야 했다. 머리를 손질하거나 요리를 하면서는 대화할 수 없다.

그래서 나는 되도록이면 부모님과 대화를 하지 않기로 했다.

흑백 영화를 본다.

독일인들에게 쫓겨 아이를 안고 숲속을 뛰어가는 여
자가 있다. 독일인의 부츠 소리가 점점 크게 들려온다.
나는 벌벌 떨고 있다. 그들은 무섭게 그녀에게 다가갔
다. 내가 도와주지 않으면 그들은 그녀를 죽일 것이다.
그래서 나는 스크린에 대고 그 여자에게 말했다. 영화가
프랑스어가 아니라서 그녀는 내 말을 이해하지 못했다.
그래서 다시 한번 소리쳤다.

"서둘러! 더 빨리 뛰어!"

기적이 일어났다. 스크린에 자막이 뜨면서 내가 한 말
을 번역해 준 것이다. 여자는 지쳤고 더 이상 못하겠다
고 말했다. 나는 그녀를 격려했다. 대화가 무르익을수록

자막은 빠른 속도로 뜨고 사라졌다. 여자는 철제 울타리 앞에 도착했다. 독일인들은 몇 미터 뒤에서 쫓아오고 있다. 나는 목이 쉬도록 소리를 질렀다.

"다 왔어. 올라가서 아이를 던져! 괜찮아. 울타리 너머는 푹신한 쿠션으로 된 바닥이야."

그녀는 내가 말한 대로 했다. 울타리 너머로 넘어간 그녀는 이제 안전하다. 독일인들은 더 이상 그녀에게 다가가지 못했다. 그녀는 아이를 꼭 안고 작은 집으로 뛰어 들어갔다. 여기서 장면이 멈춘다. 집이 회오리바람처럼 빙빙 돌더니 조용해졌다. 투명한 물이 보이는 바다가 나타났다. 나는 땀을 뻘뻘 흘렸지만 그녀를 생각하니 기뻤다. 그리고 TV를 껐다.

희한하다. 꿈에서조차 엄마들은 나와 같은 언어를 쓰지 않는다. 자막이 필요했다.

외할머니가 돌아가셨다.

나의 열한 살 생일날이기도 했다.

집으로 가는 길목에서 나는 보았다. 아빠가 창가에 서 있었다. 아빠가 수어로 말했다.

- 할머니 죽음. 할머니 죽음.

눈물이 흘렀다. 농인들이 창문 너머로 안 좋은 소식을 알리는 행동을 금지시켜야 한다. 가슴이 무너지는 슬픔을 더 오래 느껴야 하기 때문이다.

＊

　이사를 했다. 12년 동안 우리는 방 두 개짜리 작은 집에서 살았다. 그래서 나는 부모님과 방을 같이 썼다.

　아빠는 저축을 탈탈 털어서 파리 외곽에 집을 샀는데, 집이 넓어서 드디어 내 방이 생겼다. 새로운 변화였다. 하지만 나는 이 변화가 달갑지 않았다. 새 집은 파리가 아닌 외곽 지역에 있어서 학교도 전학해야 했고 외할머니와 떨어져 지내야 했다. 나는 파리가 좋았고 파리지엔으로 살고 싶었다.

　새 집은 방이 네 개였고, 전에 살던 집보다 네 배 더 컸다. 욕조와 세면대 그리고 비데가 있는 큰 화장실도 있었다. 더 이상 부엌에 있는 싱크대에서 손을 씻지 않아도 되었다. 내 방은 부모님 방 바로 옆에 붙어 있었다.

새 집에 이사 온 첫날 밤, 자려고 누웠는데 잠이 오지 않았다. 옆방에서는 이상한 소리가 들렸다. 부모님 침대에서 삐거덕거리는 소리가 났고 엄마가 신음 소리를 냈다. 나는 소리 때문에 계속 뒤척였다. 뭔가 정상이 아닌 것 같아서 부모님 방에 가보기로 했다. 방에 들어가자 엄마는 나를 보고 소스라치게 놀라 나가라는 신호를 보냈다. 순간 얼어붙고 말았다. 나는 보고 만 것이다.

12년 동안 매일 밤 부모님 침대에서 1미터 정도 떨어져 자면서 나는 아무 소리도 듣지 못했다. 완전히 깊은 잠에 빠졌던 것이다. 오늘에서야 나만의 방을 가졌는데 모든 것이 들리기 시작했다. 정말 끔찍했다. 소리가 주는 청각 폭력이었다.

나는 이때까지 부모님들이 소리 없이 사는 사람들이라고 생각했는데 알고 보니 들을 수 있는 사람들보다 더 많은 소리를 내고 있었다. 12년 동안 우리는 꼭 붙어 살면서 사생활이라고는 하나도 없었는데 나는 아무것

· 도 보지도 듣지도 못하였다.

그들은 내 옆에서 사랑을 나누었을까? 코를 골았을까?

모르겠다. 나는 전혀 듣지 못했다.

새로운 삶이 시작되었다. 이 소음 속에서 살아가야 했다. 나는 부모님이 오줌 누는 소리, 사랑을 나누는 소리가 너무 듣기 싫었다. 하지만 다른 방법이 없었다. 다른 사람들은 농인이 얼마나 시끄러운지 모를 것이다.

소리는 아침부터 시작된다. 아빠가 일어나면 발을 질질 끌고 화장실로 향한다. 아빠는 굽이 있는 가죽 슬리퍼를 샀는데, 그걸 신고 돌아다니면 굽이 바닥에 부딪치면서 딱딱 소리를 냈다. 그는 화장실 문을 꽝 닫고 엄청난 소리를 내면서 오줌을 눴다. 마치 80미터 높이에서 물이 떨어지는 듯한 소리가 났다. 가끔 변기 물을 내리는 것을 잊어버리면 그나마 다행이었다. 조금이나마 조용해지기 때문이다.

그다음 엄마가 일어난다. 엄마는 부엌으로 가서 아침

식사를 준비한다. 이제부터 이상한 불협화음이 시작된다. 부엌 선반 장 문이 닫히는 소리에 나는 들썩거린다. 그리고 옆 선반 문을 열고 닫는 소리, 냉장고 문 닫는 소리, 오븐 여는 소리가 난다. 엄마 아빠는 소리를 듣지 못해서 이런 소리들이 얼마나 끔직하게 크게 들리는지 몰랐다. 결국 나는 잠에서 깼다. 나 또한 반항적이고 다혈질적인 사춘기 소녀였기에, 일어나자마자 부엌으로 가서 엄마한테 온갖 동작을 하며 소리를 질러댔다. 그러면 부모님은 나를 보며 놀라서 눈을 크게 떴다. 매일 아침마다 나는 농인이 아니라서 엄마 아빠가 내는 소음 때문에 잠을 제대로 못 잔다고 불평했지만, 부모님은 놀람과 연민의 표정으로 '들을 수 있는' 나를 불쌍히 쳐다볼 뿐이었다.

그리고 문은 여전히 쾅쾅 세게 닫혔다.

아침을 먹을 때도 똑같은 상황이 반복되었다. 아빠는 모든 사람들이 자신이 고기 씹는 것을 느낄 수 있게 해

주는 능력을 가졌다. 고기 한 조각 한 조각을 천천히 의식하며 씹으면서 혀로 입천장을 계속 쳤다. 게다가 입을 연 채로 고기를 씹었다. 음식이 맛있을 때는 아주 만족하는 소리를 냈다. 이 광경을 보고 있으면 입맛이 뚝 떨어지곤 했다. 가끔 아빠가 소리를 적게 내려고 조심할 때면 더 최악이었다. 소리를 입 안에 가둬놓으려 하다 보니 입 안에서 나는 소리가 더 깊이 있게 들려서 구역질 날 지경이다. 어느 날, 더 이상 못 참겠다는 생각이 들어 아빠에게 이야기했더니 아빠는 내가 사춘기라 예민해서 그렇다고 생각하고 크게 신경 쓰지 않았다.

- 내가? 소리? 말도 안 돼.

- 아빠, 그냥 말을 하지 마. 제발.

그러면 아빠는 몇 초간 입을 다문다. 하지만 잠시 후 다시 시작한다. 30년이 지난 지금, 드디어 아빠의 이런 소리에 익숙해졌다. 하지만 가끔 일요일에 부모님과 함께 식사할 때면 아이들이 이야기한다.

"엄마, 외할아버지는 소리를 너무 많이 내."

사촌 알렉시 또한 이런 소리를 견디기 힘들어했다. 특히 외숙모가 토요일 아침 8시에 청소기를 돌릴 때 말이다. 하지만 알렉시는 빠르게 해결책을 찾아냈다. 침대에서 나와 청소기 플러그를 빼버린다. 엄마가 한동안 눈치채지 못하고 청소기를 계속 돌리는 모습을 보며 만족스러운 얼굴로 다시 자러 간다. 집은 더럽지만 알렉시는 아침 늦게까지 잘 수 있었다.

농인이라고 하면 보통 귀가 안 들리고 말도 못 한다고 생각한다. 하지만 농인은 말을 한다. 목소리를 낼 수 있지만 어떻게 말을 해야 하는지 모를 뿐이다. 목소리는 끔찍할 정도의 후음이거나 날카롭다. 또는 아주 가늘거나 두껍거나, 음색에 따라 두 가지를 모두 가지고 있다. 찢어지거나 뚝뚝 끊어지는 목소리가 사방팔방으로 퍼진다. 말을 시작할 때는 숨소리를 내며 조용히 시작하지만 마지막에는 소리를 지르면서 끝낸다. 반대일 때도 있다. 누군가 이런 우스꽝스러운 목소리로 당신을 부른다면 쥐구멍을 찾고 싶을 정도로 창피할 것이다.

어느 날 엄마와 같이 슈퍼마켓에 갔다. 엄마는 정육점

코너에서 저녁에 먹을 돼지고기를 사는 데 정신이 팔려서 내가 생선 코너에 간 것을 보지 못했다. 내가 보이지 않자 엄마가 나를 찾기 시작했다. 엄마는 슈퍼마켓 한가운데 서서 손을 허리에 얹고 온 힘을 다해 깨진 목소리로 내 이름을 불렀다. 그 소리는 이러했다.

"베룽도니이이트!"

근처에 있던 사람들이 놀라서 옆으로 피했다. 엄마는 목소리만으로 모세처럼 사람들 무리에서 길을 만들었다. 엄마가 빈 통로를 걷기 시작했다. 나는 뒤를 돌아보고 수치스러움을 느꼈다. 가게 끝 귀퉁이 외에는 도망갈 곳이 없었다.

농인이 벙어리가 아니라는 사실이 안타깝다.

우리 집에는 크리스마스에 퀴즈 놀이를 하는 전통이 있다.

매년 에브, 발레리, 알렉시와 나는 다소 잔인한 이 게임을 한다. 우리 부모님들이 말하는 엉망진창 단어를 알아맞히는 게임이다.

알렉시가 우리 엄마 목소리를 흉내 내며 단어를 하나던진다.

"앵그이지!"

이 단어는 맞히기 쉽지 않을 것 같다. 하지만 에브는 매번 알아맞힌다.

"앵그이지는 당연히 샌드위치지."

"오딤?"

"조심!"

"달?"

"쌀!"

"나, 파기?"

"내가 따귀를 때릴 거야!"

"다웅다?"

"짜증 나!"

"쿠쿠라?"

"코카콜라!"

"마오아대?"

"말도 안 돼!"

2013년의 퀴즈 게임 우승자 선물은 특별했다.

아이보보.

아이폰4.

최고였다!

외삼촌은 항상 소리를 낸다. 그르렁거리거나 끅끅거린다. 헐떡거리는 소리가 기관지까지 올라와서 편도선 사이에 갇혀 있다. 소리가 크지는 않지만 규칙적으로 소리를 낸다. 다리를 앞으로 내밀 때, 일어날 때, 앉을 때 끙끙거린다.

외삼촌은 열일곱 살 때 팬터마임 작가 마르셀 마르소의 제자와 함께 마임 수업을 들었다. 그는 마임에 흠뻑 빠졌다. 외삼촌의 관찰력과 동작을 따라 하는 능력이 마임에 적합했던 것이다. 연말에 공연이 열렸다. 외할아버지는 자랑스러운 아들을 응원하고 축하하기 위해 공연을 보러 갔다.

막이 오르고, 흰색 옷을 입은 배우가 조명 아래로 성

큼성큼 걸어왔다. 공연장은 고요 그 자체였다. 동작은 아름다웠다. 배우는 상상 속 가상의 벽에 손을 얹고 그 주위를 빙빙 맴돌았다. 삼촌 차례가 왔다. 그는 늑대처럼 성큼성큼 파트너에게 다가가 꽃을 따서 선물했다. 삼촌은 멋졌다. 시적이고 완벽했다. 사소한 문제 하나만 제외한다면……. 그는 듣지 못하지만 안타깝게도 대중은 들을 수 있었다.

외할아버지는 손으로 머리를 움켜쥐고 고개를 푹 숙였다. 멀리 도망가고 싶었다. 무대 위의 삼촌이 완벽하게 집중해서 마임 연기를 하는데…… 계속 끙끙 소리를 냈기 때문이다. 농인의 신음 소리가 극장을 가득 메웠다. 극장 안은 민망함에 터져 나온 웃음소리로 가득 찼다. 삼촌은 행복한 표정으로 마임을 계속했다. 즐거움의 신음 소리를 내면서.

외숙모는 입을 다물고 있을 때 혀로 천장을 쳐서 '똑딱' 소리를 낸다. 파리 북역에 있는 대형 시계 소리가 난다.

누가 농인들에게 그들이 내는 소리에 대해 설명해 주면 좋겠다.

신기한 것은 농인들의 감정은 들을 수가 있다는 점이다. 외숙모는 감동을 받으면 평소보다 더 자주 '똑딱' 소리를 낸다. 외삼촌은 거리에서 예쁜 여자를 보면 만족스럽게 '그르렁' 소리를 낸다. 우리 아빠도 묘사할 수 없는 희한한 소리를 낸다. 그래서 알렉시는 아빠에게 '츄바카'*라는 별명을 지어줬다.

부모님이 뭔가를 느끼는 순간을 내가 알 수 있다는 점은 좋았다.

- 아빠, 여자 엉덩이 좀 그만 쳐다봐.

- 아니야. 나 아무것도 안 봐.

거짓말쟁이.

---

*〈스타워즈〉에 나오는 캐릭터로 이상한 울음소리를 낸다.

✦

"섹스에 관해서는 너네 엄마한테 물어봐."

에브는 나에게 자주 이런 말을 하곤 했다. 틀린 말은
아니다.

엄마는 일곱 살이었던 내게 성생활에 대한 4권짜리
백과사전을 사주었다. 자신은 어렸을 때 성에 대한 지식
을 얻을 기회가 없어서 성생활에 대해 경험을 통해서만
알 수 있었다고 했다. 그리고 엄마는 이를 아주 일찍 경
험했다. 나만큼은 같은 반 남자애들이 아니라 책을 통해
배우기를 바랐다. 그래서 나에게 그 책을 선물하는 것이
중요하다고 생각했던 것이다.

나는 엄마에게 농인의 성욕이 청인보다 더 발달한 것

인지, 아니면 우리 가족만 특별한 것인지 물었다.

엄마는 내 질문을 이해하지 못했다.

- 농인들이 변태냐고 묻고 싶은 거야?

아니, 그게 아니라…….

성욕을 어떻게 설명하지?

사전을 찾아보니 '성욕'의 동의어가 '성'이라고 나와 있다. 설명하기 쉽지 않을 것 같다.

난 엄마에게 수어로 설명했다.

- 성욕 많이 원하거나 적게 원하거나. 어떤 사람은 많은 성욕, 어떤 사람은 적은 성욕.

엄마의 얼굴이 밝아졌다. 드디어 이해한 것이다.

- 농인들은 아주 강력히 섹스를 원해. 그렇지! 그럼!

내가 생각하기에도 그랬다.

농인들은 몸으로 하는 일에 자유롭다. 몸이 그들의 언어이며, 욕구도 다 몸으로 표현한다. 그것도 굉장히 분명하게. 그들의 섹스는 본능적이고 동물적이며 특히 자연스럽다. 성에 대해 이야기하는 것을 두려워하지 않는다. 지적인 구석이라곤 전혀 없다. 농인이 사용하는 동작이나 얼굴 표정, 몸의 움직임은 극도로 다채롭다. 청인에게는 충격적이지만 농인에게는 본능적이고 당연한 것이다.

수어는 내가 아는 언어 중에서 가장 꾸밈없고 노골적이다. 농인은 간단하고 직접적이고 적나라하게 표현한다. 많은 수어 동작들은 아름답고 시적이고 감동적이다. 특히 '사랑', '상징', '춤' 같은 단어들이 그렇다. 하지만 성에 관련된 단어에 대해서는 이야기가 다르다. 수어에는 애매함이 없다. 말은 암시한다면 수어는 동작으로 정확하게 표현된다.

농인의 적나라한 수어 동작은 청인을 놀라고 당황하게 만들기도 한다. 청인은 남에게 모욕을 주거나 무례하게 행동할 때 이런 동작을 사용하지만 농인에게는 자연스럽고 당연한 표현일 뿐이다. 문화의 차이다.

엄마는 나에게 자신의 은밀한 성생활에 대해 거리낌
없이 이야기한다. 딸로서는 듣기 힘든 내용이다. 자신이
꾼 에로틱한 꿈에 대해서도 이야기한다. 엄마는 항상 섹
스를 하고 싶어 한다. 그게 엄마다. 정확하고 음란한 포
즈를 보여주고 입으로 소리를 낸다. 나는 할 말을 잃고,
민망하고 놀라서 몸이 굳어버린다.

 - 엄마 제발. 난 엄마 딸이야.

엄마는 웃으며 말한다.

 - 상관없어. 섹스는 인생이야.

엄마는 성에 대해 이야기할 때면 보통 사람들은 문란
하다고 생각하는 단어를 쓴다.

 - 나 방탕.

- 나 돼지.

표현이 어떻든 결국 섹스하고 싶다는 말이다.

내가 열다섯 살이 되었을 때 엄마는 나를 산부인과에
데려가 피임약을 받아왔다. 사람 일은 모르기 때문에 미
리 준비해야 한다고 했다. 그 당시 섹스는 결코 내 관심
사가 아니었고 위험한 짓을 할 리가 전혀 없었는데도
엄마는 아랑곳하지 않았다. 엄마는 내가 성에 대해서 절
대 엄마와 이야기하지 않을 것임을 알고 미리 예방하고
싶어 했다. 틀린 생각은 아니다. 대부분의 사춘기 아이
들은 엄마와 이런 이야기를 하지 않으니까. 게다가 나에
게는 또 다른 이유가 있었다. 수어는 너무 시각적인 언
어여서 엄마 앞에서 절대 수어로 성에 대해 말할 수가
없었다. 그래서 엄마 말에 복종했고, 3년 동안 피임약을
쓸 일이 없었다.

＊

- 너 고추 원해?

푸아티에에 있는 호텔 회의장에서 에브는 방금 자신에게 말을 건 젊은 농인 청년의 아랫도리를 힐끔 쳐다본다. 2초 후.

- 너 고추 원해?

불편해하는 에브를 아랑곳 않고 그는 또 말을 건다.

- 너 괜찮지? 그럼 섹스.

간단하고 단도직입적으로 그는 에브 손을 잡고 자기 방으로 데려간다. 아무런 말이나 대화 또는 수어도 없었다. 섹스를 위한 섹스였다.

순수하면서도 동물 같고 기쁜 섹스였다. 그날 밤 에브는 농인이 되었다.

다음 날, 여전히 혼란스러운 에브는 회의장 홀에 가서 어제 만난 젊은 농인 청년을 만났다. 그는 친구들에게 어젯밤 있었던 일의 작은 디테일까지 따라 하며 제스처를 취하고 있었다. 그에게는 당연한 일이었다. 에브와 보낸 밤은 훈장 같은 것이었다.

에브는 다른 농인과도 이 행위를 반복했다. 그리고 항상 만족했다.

난 농인과 자본 적이 없다. 왜냐고? 모르겠다. 아마도 소리 때문인 것 같다.

나는 태어날 때부터 어쩔 수 없이 침묵에 길들여졌다. 그리고 곧 현실을 받아들였다. 침묵은 나의 오래된 친구이자 오래된 습관이 되었다. 침묵은 나의 가족이다. 나를 안심시키고 편안하게 해준다.

밖에 나가면 너무 많은 소리와 끊이지 않는 대화 때문에 힘들다. 아무것도 듣지 않을 때 편안하다. 소리가 들리기 시작하면 커다란 비눗방울 안에 들어앉은 듯 아무 소리도 듣지 않았다. 세상이 무너져도 아무것도 깨닫지 못할 정도로 누군가가 나를 방해하면 나는 아주 폭력적으로 변할지도 모른다. 식당에서 흘러나오는 음악은 나를 미치게 한다. 아니, 최악은 마지못해 가게 된 친구네 저녁 식사 자리에서 오가는 손님들의 대화와 울려 퍼지는 음악이다. 시간이 지나면서 나를 조절하는 방법을 배웠다. 가능하다면 음악을 꺼줄 수 있냐고 물어본다. 분위기를 망치는 사람이 되기도 하지만 이런 일에 익숙하다. 가끔은 그냥 그 자리를 뜬다. 상황이 더 안 좋을 때는 〈레인 맨〉에서 자폐증 환자로 나온 더스틴 호프만이 된다. 누구와도 말하지 않고 듣지도 않는다. 나는 세상에서 가장 불쾌한 사람이 된다. 하지만 상관없다.

담배를 끊기 위해 최면 요법으로 치료하는 의사에게 간 적이 있다. 의자에 누웠고 의사는 가수면 상태를 유도하기 위해 나에게 끊임없이 말을 걸었다. 그것이 최면의 핵심이었기 때문이다. 최면에 빠질 무렵 내가 의사에게 한 말이 어렴풋이 들렸다.

"당신에게 닥치라고는 안 할게요. 전 예의가 바르니까요. 말 좀 그만하세요. 5분만이라도……. 부탁이에요."

그리고 고요해졌다.

＊

　엄마가 '젊은이들의 사랑'이라는 강의를 듣고 집에 왔
다. 엄마는 흥분해 있었고 중요하게 할 이야기가 있어
보였다.

　- 베로니크, 조심해. 아주아주 심각해. 바람기 있는 남자랑

　자는 거 안 돼. 콘돔 무조건. 나 에이즈 관련 강의 갔어. 섹

　스 때문에 심각한 병. 너도 조심해.

　청인은 2년 전에 이미 안 사실인데, 엄마는 방금 안
것이다. 나는 울고 싶어졌다.

아빠가 미쳤다. 농인인 자신에게는 아무런 의미가 없는 피아노를 내게 선물한 것이다. 아주 이타주의적인 선물이었고, 나에 대한 아빠의 사랑이었다.

내가 피아노를 치면 엄마는 항상 내 옆에 와서 피아노 위에 손을 얹고 진동을 느꼈다. 어릴 때는 지칠 줄 모르고 미친듯이 피아노를 쳤는데, 엄마는 항상 피아노에 손을 얹고 내 곁을 떠나지 않았다. 엄마는 피아노 진동을 느끼는 것을 좋아했다.

엄마는 이렇게 말했다.

- 나 농인이라 안 좋은 점. 나 음악 알지 못하는 거 아쉬워.

음악은 엄마에게 유일한 아쉬움이었다. 사람들의 목소리, 바람 소리, 바닥에 떨어지는 빗물 소리, 그 외 모든 소리를 알지 못했기 때문에 엄마는 그런 소리들을 듣지 못한다고 아쉬워하지 않았다.

색깔과 음악 중에 나는 색깔을 선택했다. 우리 부모님도 마찬가지다. 시각장애인으로 사는 것은 힘든 일일 것이다.

엄마 아빠가 이렇게 이야기했고, 나는 이 말을 믿고 싶다.

불이 켜졌다가 빠르게 다시 깜박인다.

우리 부모님은 벨이 울리는 모든 것을 집 입구 현관의 깜박이는 불과 연결시켜 놓았다. 문제는 이 불이 현관문으로 들어올 때 그리고 인터폰과 전화가 울릴 때도 깜박인다는 점이었다. 손님이 와서 아파트 출입문을 열어주기 위해 아빠가 인터폰 버튼을 누르면서 현관문 밖으로 얼굴을 빼꼼 내밀고 있으면 엄마는 전화가 온 줄 알고 전화기 쪽으로 달려가서 전화기를 들었다.

마치 푸른 불빛 아래에서 요상한 발레를 하는 사람들 같아 보였다. 현관은 클럽이 되었다.

난 그 광경이 너무 웃겼다. 이 우스운 광경을 더 보고 싶어서 아무런 행동도 하지 않았다.

✳

　열네 살에서 열여덟 살까지 나와 부모님의 관계는 전쟁 같았다. 나는 부모님을 싫어했다. 그들은 나를 이해하지 못했고, 나는 돈 달라는 말 빼고는 할 말이 없었다. 나는 외동딸이고 부모님과 있으면 심심했다. 엄마 아빠와 나누는 이야기는 전혀 흥미롭지 않았다. 우리만의 특별한 대화는 끊겼다.

　나는 평범한 부모님을 갖고 싶었다. 가끔 전생에 나쁜 짓을 많이 해서 이런 벌을 받았나 하는 생각이 들곤 했다. 부모님을 싫어하는 내 자신이 싫다. 부모님이 장애인이라고 불평하는 것도 싫다. 그들 잘못이 아닌데도 나는 그들을 원망했다. 부모님이 농인이 아니었다면 우리는 정치, 사회, 윤리, 쇼펜하우어 또는 니체, 톨스토이 또는 도스토옙스키, 모차르트 또는 바흐에 대해 이야기를 나눌 수 있었을 텐데…….

엄마 아빠에게 소소한 고민을 털어놓고 싶었다. 부모님이 나에게 조언도 해주고 진로 상담도 해주길 바랐다. 엄마에게 마음껏 전화를 걸어 알바를 구했다는 이야기, 비틸과는 헤어졌다는 이야기, 위로가 필요해서 엄마의 감자 요리가 먹고 싶다는 이야기를 하고 싶었다.

장애가 없는 부모를 가진 친구들이 부러웠다. 부모님과 말로 대화할 수 있는 애들은 그야말로 행운아다.

나에게 말을 할 수 있고 내 이야기를 들어줄 수 있는 부모님을 원했다. 그렇게 된다면 더할 나위 없다고 생각했다. 그러나 나의 생각은 잘못됐다. 완벽한 가족은 존재하지 않는다. 서로를 증오하는 가족 사이에서 태어났을 수도 있고, 알코올중독자 집안이나 말할 수 없는 비

밀이 있거나 외모만 중시하는 엉망진창 가족 사이에서 태어났을 수도 있다.

나는 집을 떠나고 나서야 부모님의 소중함을 알게 되었다. 나에게 말을 하지 못해도 과분할 정도로 좋은 부모님이었다.

✳

　농인과 사는 일은 때로는 괴롭다. 하지만 우리 부모님은 그렇게 최악은 아니었다. 다른 농인 부모와는 달리 필요한 것을 알아서 해결했다.

　외삼촌은 청인보다 자신이 더 똑똑하며, 듣지 못하는 것이 장애가 아니라고 생각했다. 오히려 농인이라서 더 특별하다고 여겼다. 삼촌은 자신이 청인의 세상에 적응하는 것이 아니라 청인이 자신에게 맞춰야 한다고 생각했다. 농인이 더 똑똑하고, 관찰력이 더 뛰어나고, 더 감각적이고, 더 섬세하고, 더 솔직하고, 더 훌륭하다고도 생각했다.

　어이없다. 삼촌은 가게에 가서도 아무런 노력을 하지 않는다. 그가 원하는 것을 알아내기 위해 다른 사람들이 노력해야 한다. 삼촌은 통역을 해주는 자녀 없이 혼자 가게에 가면 장을 보는 데 몇 시간이나 걸린다. 자신이 이해하지 못하는 게 아니라 다른 사람이 멍청하다고 생각한다. 이렇게 단순한 사고방식이 또 있을까?

하지만 외삼촌이 시인이기 때문에 용서한다. 삼촌은 항상 자기 세계 안에 산다. 그가 그린 작품들은 너무 해괴해서 살바도르 달리도 울고 갈 정도다. 외삼촌은 꿈꾸는 사람이다. 가끔 위험할 때도 있다. 알렉시가 세 살 때 외삼촌과 같이 물가 근처에 있었는데 외삼촌은 하늘을 바라보며 잠시 생각에 잠겼다. 알렉시는 비명을 지르며 위태롭게 팔을 휘저었다. 하지만 그는 아름다운 구름을 관찰하느라 알렉시가 물에 빠져 허우적거리는 것을 보지 못했다.

그러던 어느 날 외삼촌은 마침내 그 대가를 치렀다. 외삼촌은 매일 알렉시를 학교에 데려다줬는데 자동차 라디오에서는 항상 닥터 드레의 랩이 흘러나왔다. 학교에 도착하여 삼촌이 자동차 엔진을 끄자 음악도 꺼졌다. 장난꾸러기 알렉시는 차에서 내리기 전에 오디오 볼륨을 최대치로 올려놓았다. 외삼촌이 차에 시동을 걸자 음악도 다시 흘러나왔다. 몇 미터 못 가서 경찰이 차를 세우더니 공공 장소에서 소음을 발생시켰다고 볼륨을 낮추라고 했다. 외삼촌은 이해하지 못하고 화를 내며 귀를 툭툭 치는 제스처를 취했다.

- 나 농인. 음악 안 돼?

경찰들은 더 이상 강요하지 않았다. 이런 경우에는 절대 강요하지 못하는 법이다. 그날 저녁 외삼촌이 낮에 있었던 일을 하소연하자, 알렉시는 낄낄거리며 즐거워했다.

✳

　어느 날, 외삼촌의 농인 친구 파트리크는 집에 돌아가기 위해 전철을 탔다. 다섯 살 된 딸과 함께였다. 파트리크는 전철이 목적지에 서는지 전광판을 주의 깊게 확인하고 전철을 탔다. 잠시 후 스피커에서 도로 사정으로 인해 해당 역에는 정차하지 않을 것이라는 안내 방송이 흘러나왔다.

　파트리크는 당연히 알아듣지 못했다. 기차가 자기 집 근처에서 속도를 늦추지 않자 비상벨을 잡아당겼다. 전철이 멈췄고 열차 안이 소란스러워졌다. 승객들은 흥분하여 화를 냈다. 하지만 파트리크는 아주 침착하게 창밖의 역을 가리키며 말했다.

　- 나 안 들려. 여기 내려줘.

파트리크의 딸은 창피해서 죽을 지경이었다. 그 애는 방송을 듣지 못했을까, 아니면 통역을 할 줄 몰랐을까?

운전사가 와서 열차 안에 무슨 일이 있냐고 물었다.

파트리크는 고집을 피웠다.

ㅡ 나 안 들려. 나 여기 내려.

운전사는 완전히 포기하여 문을 열어줬고, 파트리크는 조금도 동요하지 않고 열차에서 내렸다.

나는 부모님과 TV 보는 것을 좋아하지 않는다. 나에게 항상 뉴스를 통역해 달라고 하기 때문이다. 처음에는 통역을 하다가 순간 짜증이 나면 앵커가 무슨 말을 하는지 모르겠다고 말한다.

영화를 볼 때가 최악이다. 5분마다 묻는다.

- 쟤가 뭐라니? 저 여자는 뭐래?

나에게 엄마 아빠에 대한 인내심이나 동정심 따위는 없다. 금방 짜증을 내고 숙제가 있다는 핑계로 방에 들어간다.

'둘이 알아서 하라지 뭐.'

내 사촌 알렉시에게는 다른 방법이 있었다. 알렉시는 말도 안 되는 이야기를 지어내어 들려주는 일에 재미를

붙였다.

－ 브르타뉴 지방에 핵폭탄이 떨어졌대.

－ 새로운 법이 생겼어. 오늘부터 농인들은 기계를 가지고
다녀야 한대. 청인처럼 듣기 위해서.

그러면 외삼촌은 놀라서 벌떡 일어나 차를 타고 혁명
을 일으키러 간다.

－ 나폴레옹 친서가 발견됐어. 코르시카섬을 농인들에게 물
려주겠다고 했대.

외삼촌은 당장 그곳을 다음 바캉스 장소로 정했다. 그
해 여름 외삼촌 가족은 코르시카섬으로 '뿌리 찾기' 여
행을 떠났다.

나는 더 이상 엄마에게 내 차를 빌려주지 않는다. 기어를 바꾸라는 말을 못 듣고 클러치를 고장 내버렸기 때문이다.

우리 가족은 부모님 중 엄마가 운전을 한다. 아빠는 자신이 운전을 안 하는 것에 대해 전혀 개의치 않는다. 아빠는 운전면허도 없으면서 어떻게 운전을 해야 하는지 엄마에게 훈수를 둔다.

이런 일도 있었다. 신호등이 녹색으로 바뀌었을 때 엄마가 재빨리 출발하지 못했다. 아빠는 화난 표정으로 엄마 팔을 거칠게 툭툭 쳤다. 그 바람에 차의 시동이 꺼졌다. 아빠는 신경질을 내면서 두 손을 번쩍 들었다가 무릎을 내리치고 숨을 몰아쉬었다.

– 이거 뭐야.

화가 난 엄마는 운전대를 놓는다. 아빠를 쳐다보며 양
손을 불규칙하게 위아래로 움직인다. 마치 둘 사이에 벽
이 있는 것처럼. 한마디로 통역하자면 내가 운전하는 것
이 마음에 안 들면 당신이 운전면허를 따라는 이야기
였다.

엄마와 아빠가 죽도록 싸울 때 도로를 살피는 유일한
사람은 여섯 살 된 나였다.

– 그만해! 이러다 사고 나겠어!

내가 운전할 때 엄마는 옆에서 끊임없이 말을 건다.
고속도로에서 엄마는 내 어깨를 계속 쳤다. 나에게 할
말이 있다는 뜻이다. 나는 도로를 쳐다보거나 엄마를 쳐
다보거나 둘 중 하나를 골라야 했다. 도로를 선택했다.
엄마는 내 눈 앞에서 손을 마구 휘저었다. 인내심이 한
계에 다다랐을 때 나는 엄마 손을 밀치고 운전대를 놓

았다. 주먹을 쥐고 허공에서 핸들을 돌리는 시늉을 하며 운전 중이라고 설명했다.

- 미안해. 알았어.

30초 후 엄마는 또다시 말을 걸었다. 결국 나는 한 손으로 말을 하고, 다른 한 손으로 운전했다. 그래서 한쪽 눈으로 운전하고 다른 눈으로 엄마 이야기를 듣는 습관이 생겼다.

전화를 할 때도 마찬가지다. 엄마 아빠와 나는 몇 시간 동안 서로 말을 안 하는 경우가 많다. 심지어 전혀 불편해하지 않는다. 하지만 엄마는 내가 통화 중일 때 꼭 말을 건다. 갑자기 할 말이 생긴 것이다. 어느 날 전화벨이 울려 전화를 받고 있는 내게 엄마가 지난여름 바캉스에 대한 이야기를 시작했다. 나는 당황한 눈빛으로 엄마를 쳐다봤다.

- 어, 엄마. 나 전화하고 있잖아.

- 응, 응.

30초 후에 다시 말을 시작했다.

- 너 내일 뭐 해?

- 나 전화 중!

- 알았어. 근데 넌 이거 어떻게 생각해?

갑자기 외로움이 밀려온다.

모든 것은 소리 없이 진행된다. 전화하는 상대방은 나
와 엄마의 말다툼이 시작된 것을 전혀 눈치채지 못한다.
인내심이 폭발해서 나는 두 가지 언어로 소리친다.

- 그만해. 그만 말하라고! 나 전화하고 있잖아. 이해 못 해?

전혀. 엄마는 이해하지 못한다. 슬픈 표정으로 나를
쳐다보며 말한다.

- 너는 항상 전화해. 나는 너를 보고 너는 친구들과 이야기

하고. 너는 농인에게 관심 없어.

분노가 사라지며 죄책감을 느끼기 시작했다. 수화기
너머에서 친구가 괜찮냐고 묻는다.

"응. 괜찮아. 우리 엄마야. 농인인데 너랑 대화할 때 계속 말을 걸잖아. 짜증 나. 잠깐만. 다른 방으로 옮겨야겠어."

나는 나쁜 아이다.

며칠 전 엄마에게 왜 내가 통화 중일 때마다 말을 거냐고 물어보았다. 당황한 엄마가 말했다.

–너 두 가지 한 번에 못 해?

"안녕, 바보들아."

하루는 집에 들어갈 때 엄마 아빠에게 이렇게 인사했다.

혼자가 아니라 친구들과 함께 집에 온 날이었다. 친구들이 엄마 아빠가 농인인 것을 믿지 않아서 사실이라고 알려주기 위해서였다.

"안녕. 바보들아!"

그러자 엄마가 달려와서 나를 안아주었다.

아빠는 나를 항상 의심했다. 왜 그런지 모르겠다. 나는 친구들과 몇 시간씩 통화하곤 했다. 아직 핸드폰이 나오지 않았을 때였다. 나는 거실에서 통화 내용의 주인공 5미터 옆에서 전화를 하고 있었다. 아빠는 나를 한눈으로 흘겨본다. 아빠는 내가 자신에 대해 이야기하고 자기 흉을 본다고 생각했다. 그는 내 입술을 보면서 무슨 말을 하는지 알아내려고 애썼다.

- 너 무슨 얘기 해? 내 얘기?

그럴 때면 그냥 넘어가고 싶지 않아서 친구들에게 아빠에 대한 끔찍한 이야기를 했다. 굉장히 스릴 넘치고 신나는 일이다. 부모님의 권위를 뭉개는 느낌이었다. 게다가 집에서는 아무도 내 언어를 따라 할 수가 없었다.

나는 이 상황을 즐겼고 친구들은 나와 통화하는 것을 좋아했다. 나는 부모를 흉보는 것이면 무엇이든지 다 이야기했고, 심지어 아빠를 미친놈 취급할 수도 있었다. 친구들은 자기들도 아빠에 대해 그렇게 이야기할 수 있으면 좋겠다고 말했다.

집에 남자 친구를 데려오면 엄마는 항상 남자 친구 뒤에서 그에 대한 평가를 멈추지 않는다. 엄마는 나에게 끊임없이 질문한다. 엄마는 생각하는 바를 수어로 이야기하면서 큰 소리를 낸다. 나는 남자 친구와 그 뒤에 선 엄마와 동시에 대화한다.

 - 얘 잘생겼네.

 - 얘 착하네.

 - 얘 진지하지 않아.

 - 얘 섹스 잘해?

엄마에게 나쁜 의도가 있었던 것은 아니다. 나와 친밀감을 공유하고 싶었을 뿐. 엄마를 방 밖으로 내몰기 전까지 이 상황은 계속되었다.

부모가 농인이어서 즐거운 점이 또 있다.

새벽 2시, 침대 위에서 뛰면서 놀기 시작했다. 외삼촌
은 감이 꽤 좋은 편이어서, 우리가 안 자고 장난을 치고
있으면 곧바로 일어나서 확인하러 온다. 우리가 노는 현
장을 덮치려고 살금살금 걸어온다.

하지만 신음 소리가 크기로 유명한 외삼촌이다.

우리는 외삼촌이 멀리서부터 다가오는 소리를 듣고
재빨리 침대 안으로 들어가 자는 척을 한다.

어느 날, 음악을 너무 크게 틀어둔 나머지 외삼촌이
오는 소리를 듣지 못했다. 결국 방에서 춤추고 노는 현
장이 발각되었다. 에브의 동생 발레리는 고양이에게 매

니큐어를 발라주고 있었다. 외삼촌은 너무 화가 나서 벌로 이틀간 TV 시청과 사탕을 금지시켰다. 하지만 사탕을 손에 넣는 방법이 있었다. 사탕은 부엌에 있었는데, 부엌에 가기 위해서는 거실에 있는 외삼촌의 매의 눈같은 레이더망을 통과해야 했다. 제대로 전략을 짰다. 내가 초인종을 눌러서 불이 깜박거리면 발레리가 재빨리 부엌에 들어가 에브에게 사탕 봉지를 던진다. 그러면 에브는 방으로 뛰어 들어가서 사탕을 숨긴다. '매의 눈'이 화가 났다. 문밖에 아무도 없었기 때문이다. 그는 어느 집 버르장머리 없는 애들이 장난을 친다고 분개했다.

우리는 부모님을 속이고 온갖 나쁜 짓을 했다. 부모님을 속이는 일은 너무 쉬웠지만 물론 정해놓은 선은 있었다. 예를 들어 술이나 마약 등 사춘기 자식을 둔 부모님들이 염려하는 짓은 하지 않았다. 부모님은 자신과 우리의 세계가 정반대라고 생각했기에 우리가 원하는 것을 다 하게 해주었다. 자유였다. 우리는 그것을 '부수적인 혜택'이라고 불렀다.

에브는 부모님이 주무시기 시작하면 친구들을 자기 방으로 불렀다. 초인종을 누르면 전등이 깜박이므로 친구들은 초인종을 누르지 않았다. 문을 두드리고, 재빨리 방으로 들어와야 했다. 에브와 친구들은 새벽 1시가 다 되도록 웃고 떠들고 음악을 틀고 서로 키스했다. 그리고 부모님이 깨지 않게 조용히 집을 빠져나갔다. 그러던 어느 날 저녁, 에브는 노느라 정신이 팔려서 외삼촌이 매일 밤 소변을 보기 위해 잠시 깬다는 사실을 잊어버렸다. 타이밍이 좋지 않았다. 벌거벗은 외삼촌은 딸의 친구들을 맞닥뜨리고 충격에 빠졌다. 외삼촌은 분노했고 친구들은 당황하거나 킥킥대며 웃었다. 에브는 당혹스러웠다.

이제 다시는 이렇게 놀 수 없게 되었다. 다음 날, 날이 밝자마자 외삼촌은 미미라는 작고 귀여운 강아지를 사왔다. 미미는 매일 밤 외숙모 배 위에서 잠들었는데 에브나 그의 동생들이 깨거나 소리를 내면 그르렁거리거나 벌떡 일어났고 그 바람에 외숙모도 잠에서 깼다. 파티는 잠정적으로 중단되었다.

에브에게는 또 다른 '부수적 혜택'이 있었다. 자정 무렵 에브는 발코니에 나가 담배를 피우곤 했다. 그런데 외삼촌도 그 시간에 일어났다. 매주 첫 번째 토요일에 카날플뤼스(Canal+)* 채널에서 좋은 영화를 방영하기 때문이다. 큰 창문이 열려 있어 추웠던 외삼촌은 창문을 닫아버렸고 에브는 밖에 갇혔다. 아무리 문을 두드리고 소리를 질러도 외삼촌은 에브를 보지 못했다. 그는 느긋하게 소파에 앉아 영화를 보기 시작했다. 어쩌다 보니 에브도 창문 너머로 같이 보기 시작했다. 1시간 30분 후 영

---

* 프랑스 최초의 민영 방송이자 네 번째 TV 방송국으로 1984년 개국.

화가 끝났다. 자러 들어가기 위해 몸을 일으키던 외삼촌은 에브를 발견했다. 딸이 발코니에서 팔을 크게 흔들고 있었던 것이다. 발코니 바닥에는 담배꽁초가 가득했다. 그는 화가 났다. 에브는 영화에 대해 이야기하지 않을 테니 담배 피우는 것에 대해서도 눈감아 달라고 부탁했다. 좋은 협상이었다.

　가끔은 어처구니없는 오해가 생기기도 했다.

　알렉시가 여섯 살이던 어느 날 밤 악몽을 꾸었다. 잠이 덜 깬 알렉시는 집에 아무도 없는 줄 알고 발코니로 나가 사람들이 들을 수 있도록 도와달라고 소리를 질렀다. 집에 아무도 없다고 생각하니 너무 무서웠던 것이다. 12명의 소방대원이 도착하여 현관문을 따고 집 안으로 뛰어 들어와 모든 문을 열어젖혔다. 마지막으로 부모님 방 문을 열고 들어갔더니 외삼촌과 외숙모가 코를 골며 자고 있었다.

"우리 부모님들은 진짜 농인일까?"

신기하게도 나와 사촌들은 가끔 이런 질문을 주고받는다.

이 질문에 대한 답을 얻기 위해서는 테스트를 하는 수밖에 없다. 외숙모는 우리 실험에 가장 적합한 실험 쥐였다.

발레리에게는 크리스마스 선물로 받은 헤드셋이 있었다. 외숙모가 안경을 낀 채로 잠들었을 때 우리는 살금살금 다가가서 외숙모 귀에 헤드셋을 씌우고 안경 렌즈를 면도 거품으로 덮었다. 그런 다음 볼륨을 최대치로 높였다. 심지어 헤비메탈이었는데, 아무런 반응이 없었다. 믿을 수가 없었다!

질문에 대한 답을 얻었다. 이제 외숙모를 깨울 시간이다.

어깨를 톡톡 쳤다. 외숙모가 화들짝 놀라 잠에서 깼다. 아무것도 보이지 않아 버둥거렸다. 온 세상이 흰 종이 같았을 것이다.

앗싸! 성공!

몇 초 동안 외숙모는 농인도 모자라 시각장애인이 된 줄 알았다고 한다.

기술 발전이 우리를 도왔다.

농인들에게 80년대의 미니텔은 진정한 혁명이었다. 지금의 핸드폰 문자, 농인을 위한 TV 자막, 인터넷, 스카이프에 견줄 만했다. 농인이 청인과 좀 더 소통할 수 있는 시대가 되었다. 다른 사람들에게 덜 의존하고 보다 주도적이 될 수 있는 기회가 온 것이다. 그러나 편리하긴 했지만 부모님과의 소통 문제를 해결해 주지는 못했다.

엄마 스타일의 언어에 익숙하긴 했지만 여전히 엄마의 문자를 이해하지 못할 때가 있었다.

'응. 카페 못 가. 오늘 막판에 바빠. 갑작스러운 방문.'

아주 명쾌하기도 하지.

'나 몰라. 프랑수아즈 내 스카이프 여러 번 전화해 그것 때문에.'

그래서 뭐? 난 그냥 이해하기를 포기했다. 엄마가 도대체 무슨 말을 하고 싶은지 모르겠다.

나도 이런 주제에 다른 사람들이 엄마가 쓴 문자를 이해하지 못할 때면 신경질을 냈다. 핸드폰이 울렸다.

'농인 카페 와. 새롭다 농인 놀라워. 빨리 너 와.'

함께 있던 친구 안느에게 엄마 문자를 보여줬다.

"이런. 난 전혀 이해를 못 하겠다."

"머리를 좀 써. 머리 뒀다 뭐 하나!"

안느는 할 말을 잃었다. 나도 엄마 문자를 이해하지 못하면서 안느를 비난했다.

친구들을 부모님에게 소개할 때도 마찬가지였다. 친구들이 부모님에게 인사하고 놀란 얼굴로 나를 쳐다보며 묻는다.

"너네 아빠, 방금 뭐라고 하셨어?"

그럼 나는 짜증을 낸다.

"그냥 '안녕'이라고 한 거잖아."

"아, 내가 이해를 못 했어."

"아빠가 악수하면서 '안녕'이라고 했잖아. '안녕'은 유치원생도 알아듣겠다!"

반대로 엄마 아빠가 하는 말을 알아들으려고 조금이라도 노력하는 사람들에게는 호감을 느꼈고, 나는 그들과 영원한 우정을 맹세했다.

'너 와. 나 아파. 아니면 내 딸 전화. 에브 06 23…….'

의사는 이 팩스를 받고 할 말을 잃었다. 팩스를 휴지통에 던져버리고 싶었으나 직업 정신 때문에 어쩔 수 없이 적혀 있는 번호로 전화를 걸었다.

"안녕하세요. 제가 방금 팩스를 하나 받았는데, 이 방법은 좀 무례한 거 아닌가요? 무슨 일인지 알려주시겠어요?"

에브는 침착하게 알려준다. 엄마가 농인이라 팩스를 통해 의사소통한다고, 그리고 엄마가 아파서 자기만의 방식으로 글로 적어서 진료 예약을 한 거라고 말이다.

간단하지 않은가.

'비 온 뒤에 땅이 굳어진다.'

이 속담을 수어로는 '비 끝 땅 딱딱하다'와 같이 표현한다.

엄마는 이를 '비가 그쳤고 땅이 단단해졌다'고 이해한다.

- 엄마. 그게 무슨 뜻인지 알아?

- 몰라. 비 끝 땅 돌?

할 수 없다.

'입으로는 거짓말을 해도 표정으로는 진실을 속일 수 없다'는 니체의 명언을 수어로는 이렇게 표현한다.

- 말 거짓말 가능. 하지만 표정 다르다.

엄마는 이 문장을 세 번 더 읽고 나서야 나와 비슷하
게 이해했다.

'빵집이 문을 닫아서 우리는 비스킷을 먹었다.'

엄마는 이 두 상황의 연결고리를 찾지 못했다. 그래서
내가 설명했다. 빵집이 문을 닫아서 빵을 구할 수 없다,
빵이 없어서 대신 비스킷을 먹었다고.

- 응. 너 그렇게 안 말했어. 지금 이해함.

엄마 아빠의 언어에는 은유, 관사, 동사 활용, 부사, 속
담, 인용구가 없다. 암묵적으로 암시된 표현도 없다. 듣
지 못하는데 어떻게 말 속에 숨은 뜻을 알아들을 수 있
을까?

✦

농인들은 입술 모양을 읽는 데 특별한 소질이 없다는 사회적 통념이 있다. 하지만 농인들은 오랫동안 이 게임을 해왔으므로 청인보다는 뛰어나다. 가끔 전혀 못 알아맞힐 때도 있지만.

튀니지에서 여름 휴가를 보내던 어느 날, 부모님과 함께 레스토랑에 갔다. 어떤 남자가 테이블마다 다니며 낙타를 타고 돌아다니는 관광을 제안했다.

남자는 아빠에게 다가가 말했다.

"낙타? 낙타?"

아빠는 놀라서 나를 쳐다보았다.

– 여기 이슬람인데 왜 햄?

– 아빠, 아니야. 햄 아니고 낙타!

'낙타', '햄', '모자'는 발음할 때 입술 모양이 똑같다.*

'고기'와 '통역가'도 입술 모양이 비슷하다.**

'양초'와 '팽이'도 그렇다.***

짜증 나는 단어들이다.

* 프랑스어로 낙타는 'chameau(샤모)', 햄은 'jambon(장봉)', 모자는 'chapeau(샤포)'로, 발음할 때 입술 모양이 동일하다.

** 프랑스어로 얇게 썬 고기는 'escalope(에스칼로프)', 통역가는 'interprète(앵테르프레트)'로, 발음할 때 입술 모양이 비슷하다.

*** 프랑스어로 양초는 'bougie(부지)', 팽이는 'toupie(투피)'로, 발음할 때 입술 모양이 비슷하다.

1977년, 미국에서는 농인을 위한 비영리단체가 만들어졌다. 그런데 프랑스에서는 어떻게 80년대에도 농인을 위해 아무것도 하지 않았을까? 프랑스에도 수어학교가 필요했다. 농인을 위한 연극 단체가 만들어져야 했다. 수어가 널리 알려져야 했다. 엄마 아빠는 이 프로젝트에 몸을 바치기로 했다. 그들은 노동자와 기계공 일을 그만두고 자신들의 언어인 수어를 가르치는 선생님이 되었다. 좌파가 정치권력을 잡았을 때, 문화부에서 이들에게 뱅센 성에 수어학교 자리를 제공해 주었다.

외삼촌은 미국에 가서 농인을 위한 학교인 갤로뎃 대학을 방문하고 왔다. 그곳에서는 농인에게도 청인과 동일한 가능성과 기회가 제공되었다. 학생들은 문학, 언어, 심리학, 신문방송학, 시각디자인을 배웠다. 그런데 프랑스에는 아무것도 없다니! 변화가 필요했다. 외삼촌은 점점 더 바빠졌다.

도저히 믿을 수 없는 일이 벌어졌다. 농인들이 세상으로 나오기 시작한 것이다. 이들은 데모를 주도하고, TV 뉴스에 더 많은 수어 통역을 제공해 달라고 요구했다. 자막 서비스도 보편화되어야 한다고 주장했다. 지하철에서는 더 이상 예전처럼 농인을 쳐다보지 않았다. 빵집 주인도 노력하기 시작했다. 가게 주인은 드디어 엄마가 스테이크가 아니라 빵을 원한다는 것을 알아들었다.

나는 이 모험을 멀리서 지켜보며 약간의 의구심을 품고 있었지만, 무언가 변하고 있음은 분명했다. 나의 오만하고 공격적이며 거친 성격에도 불구하고 엄마 아빠를 생각하면 아주 기뻤다. 하지만 나는 어떤 혁명이 이루어졌다고 생각하지는 않았다. 엄마 아빠의 인생이 바뀌면서 내 인생도 바뀔 것이라고 생각하지 못했다.

아빠는 이 일에 많은 관심을 쏟았다. 농인이 문화와 학문을 접할 수 있게 해줘야 한다고 생각했다. 특히 정부에서 농인의 언어인 수어를 중요하게 여기고 농인의 문화를 인정해 줘야 한다고 믿었다.

그러다 보니 할 일이 많았다. 대부분의 농인이 문맹이었기 때문이다.

언어를 발전시켜야 했기 때문에 엄청난 작업이 필요했다. 사전에 있는 단어의 대부분이 수어에 없어서 많은 단어를 수어로 새로 만들어야 했다. 처음으로 만든 단어는 '소통'이었다. 두 번째는 '문화'였다. 기존의 수어와 새로운 수어로 구성된 수어 사전 출간도 준비했다. 농인을 위한 연극 협회(IVT, International Visual Théâtre)라는 단체는 나중에 프랑스 수어 아카데미(l'Académie française des sourds)로 발전했다.

할 일이 너무 많아서 회의는 끝날 줄을 몰랐다. 어떤 단어가 수어로 존재하지 않는다는 것은 농인이 그 단어를 모른다는 뜻이다. 예를 들면 '심리학'. 농인에게 심리학은 어떤 의미일까? 아빠는 언어학자와 수어 통역사의 도움을 받아 새로운 단어를 배웠다. 아빠가 뜻을 이해한 후 수어로 어떻게 표현할지 제안하거나 여러 회의를 거쳐 정해진 수어 동작이 프랑스어 수어 사전에 등재될 것이었다.

수어 수업은 엄청난 인기를 끌었다. 농인 자녀를 가진 부모들은 자식들과 소통하고 싶은 간절한 마음과 위안을 얻고 싶은 마음으로 수업을 들었다. 농인으로 구성된 극단에 들어간 배우들의 몸은 처음에는 너무 뻣뻣하고 억눌려 있었지만 자신의 몸을 더 편하고 자연스럽게 받아들이기 위해 노력했다. 아빠는 그들에게 많은 것을 가르쳐주기 위해 항상 그들 옆에 있었다. 아빠는 수어 초보반을 맡았는데, 모두가 아빠를 좋아했다. 다들 나에게 아빠가 얼마나 멋지고 특별하고 인간적이고 이해심 깊으며 호기심 많고 개방적이고 친절한지 칭찬을 늘어놓았다. 자신이 만나본 선생님 중 최고라고 말하는 사람도 있었다. 그들의 말을 믿고 싶었지만 의구심이 들었다. 아빠가 정말 그렇다고?

다른 사람들에게 보이는 부모님의 장점을 왜 나는 보지 못했을까? 엄마 아빠의 장애를 거부하는 나의 마음이 반항심만 키우고 부모님의 좋은 장점들을 보지 못하게 가로막은 것은 아닐까?

농인이 유행이 되었다고 할 수 있을 정도로 수어에 대한 관심은 폭발적이었다. 엄마 아빠는 나를 성가시게 하고 짜증 나게 하기도 했지만 나는 그들이 어디를 가든지 따라갔다. 나는 뱅센 성에서 매일 저녁을 보냈다. 엄마 아빠의 세상, 그들의 투쟁이 조금씩 나의 것이 되었다. 나는 부모님이 이 혁명의 중심에 있다는 사실이 자랑스러웠다. 나는 부모님과 모든 것을 함께하기 시작했다. 그들을 보며 감탄하고 지지하고 심지어 연극도 함께했다.

＊

농인을 위한 연극 협회가 농인과 청인 모두를 위한 새
로운 공간을 만들었다. 농인과 청인의 소통을 위해 통역
사가 필요했고, 내가 그 통역사 역할을 맡게 되었다. 막
스무 살이 되었을 무렵이었다.

수어를 청인이 쓰는 말로 통역하는 것은 항상 하던 일
이라 그리 어렵지 않았다. 단지 내가 잘해내지 못한다는
점이 문제였다. 목소리가 나오지 않았다. 마음을 다잡아
보았지만 잘되지 않았다. 나는 단어들을 속삭였다. 목소
리를 잃은 것 같았다.

울렁증이었다.

보름이 지난 후 통역사가 바뀌었다. 캑캑거리고 듣기
힘든 목소리를 가진 난청인이었으나 적어도 나보다는

나왔다.

나에게는 말이 필요 없는 역할이 주어졌다. 무언극
배우.

모두들 나에게 어울리는 역할이라고 했다. 하지만 이
사건은 내 인생에서 가장 창피한 일이 되었다.

✦

아빠가 니콜라 필리베르 감독*의 다큐멘터리 영화 〈들리지 않는 땅(Le Pays des sourds)〉에 출연했다. 아빠는 주인공 중 한 명이었다. 영화가 개봉된 후 큰 흥행을 거두었다. 나를 아는 사람들이 나에게 전화를 걸어 영화가 너무 멋지다고 했다. 사실이었다. 영화는 너무 멋있었다. 하지만 모든 사람들은 영화에서 아빠가 나에 대해 한 이야기에 충격을 받았다. 아빠는 농인 아이를 갖고 싶었다고 말했다. 하지만 나는 아빠를 충분히 이해한다. 나 같아도 그랬을 거라고 말할 정도로 아빠의 심정을 충분히 이해했다. 내가 만약 농인이었다면 아빠와 나

*1951년 프랑스에서 출생한 다큐멘터리 영화 감독. 영화 〈들리지 않는 땅〉을 통해 농인들의 고유한 문화가 존재함을 전했다.

135

는 더 쉽게 소통했을 것이다. 아빠는 내 학업이나 진로 고민에 대해서도 도움을 줄 수 있었을 것이다. 미래를 같이 계획하고 응원해 주었을 것이다. 내게 "나도 그 길을 걸어왔어. 괜찮아"라고 말해줄 수 있었을 것이다. 나와 많은 것을 공유할 수 있었을 것이다.

하지만 불가능한 일이었다. 내 숙제를 도와줄 수 없고 인간관계에 대해서도 조언해 줄 수 없었다. 나의 진로에 대해 도움을 줄 수도 없었다. 내가 중학교 1학년이 되었을 때 학업 측면에서 아빠보다 아는 것이 10배나 더 많았다. 아빠가 전혀 필요하지 않았다.

열다섯 살 사춘기 때 혼자 히치하이킹으로 여행을 떠나겠다고 하자 아빠는 허락해 주었다. 아빠는 내가 청인이므로 그게 정상이며, 농인인 자신과 다른 세상에 산다고 생각한 것이다. 걱정은 됐지만 포기한 아빠의 눈에서 나는 무능력과 비탄을 보았다. 나는 왜 아빠가 자신과 같은 농인 자식을 원했는지 그 마음을 충분히 이해한다.

아빠는 엄격하고 냉정했지만 아주 감성적인 사람이었다. 영화를 볼 때도 마지막 부분에 강아지가 죽으면 항상 눈물을 흘렸다. 하지만 자신의 감수성을 잘 표현하지 못했다. 그래서 난 오랫동안 아빠가 나를 좋아하지 않는다고 생각했다. 게다가 우리 사이에는 대화가 거의 없었으니 그런 생각은 점점 굳어져 갔다. 전형적인 오해다.

아빠는 날 좋아했고 나도 아빠를 좋아했다. 아빠는 나를 볼 때마다 친할머니에 대해 이야기했다. 친할머니는 아빠 인생 최고의 사랑이었다. 내가 얼마나 친할머니를 닮았고 내 머리카락이 친할머니의 것과 얼마나 비슷한지에 대해 이야기했다. 아빠의 고향인 로렌 지방에 갔을 때 아빠가 나에게 말했다.

- 사랑해.

친할머니 덕분에 나는 그 마음을 충분히 알 수 있었다.

✳

　수어는 내가 아는 언어 중 표현력이 가장 뛰어난 언어
이다. 농인은 말할 때 몸을 모두 움직인다. 얼굴 전체로
언어를 표현한다. 발랄한 표정을 짓도록 얼굴 근육을 움
직이지 않고서는 수어를 할 수 없다. 예뻐 보이든 그렇
지 않든 얼굴 근육을 사용해야 한다. 최근에 리프팅 시
술을 받았다면 내 이야기를 무시해도 좋다. 하나의 감정
을 하나의 표정으로 얼굴에 나타낸다. 슬픈 표정을 전달
하고 싶다면 입꼬리를 쭉 내려야 한다. 반대로 즐거움을
표현하려면 밝은 표정으로 입가에 미소를 짓고 눈이 반
짝여야 한다. 얼굴을 찌푸리고 얼굴 형태를 변형하고 몸
을 움직이는 것은 청인에게는 아주 어려운 일이다.
　만약 어떤 사람이 아주 아주 아주 못생겼다고 이야기

하려면 수어로 '못생김'이라는 동작을 하면 된다. 못생
김의 정도를 알려주려고 '아주'라는 동작을 열 번 반복
할 필요는 없다. 얼마나 기괴한 표정을 짓느냐에 따라서
못생김의 정도를 표현할 수 있다. 얼굴을 한껏 일그러뜨
리는 순간, 당신은 못생긴 사람처럼 못생겨진다. 그래서
대부분의 사람들은 표정을 변형시키는 것을 싫어한다.

아름다움을 표현하기 위해서도 마찬가지로 아름다운
표정을 지어야 한다. 〈노트르담의 꼽추〉에 나오는 카지
모도처럼 흉측한 얼굴을 가진 사람이 브래드 피트가 될
수는 없는 노릇이지만 아름다운 표정만큼은 사방으로
퍼진다.

예를 들어 '나 살쪘어. 운동해야 할 것 같아'를 '나 살
찌다. 운동 필요하다'라고 말한다. '바캉스 때 떠날 것이
다'는 '바캉스 때 떠나다'로 말한다.

시간의 개념은 몸으로 표현된다. 미래를 표현하기 위
해서는 머리 옆에 든 손을 앞으로 움직이고, 과거는 손

을 뒤로 움직인다. 농인들은 이것을 '시간의 결'이라는 예쁜 표현으로 부른다.

말 없이 소통하는 기초 방법을 가르쳐주는 것이 아빠의 전공이었다. 아빠는 수어를 배우기 전에 몸을 움직여야 한다고 이야기한다. 몸을 편하게 움직이고, 망신당할까 봐 겁내지 말고, 얼굴을 찌푸리고 눈을 사팔뜨기처럼 뜨고, 목소리 없이 즐거움으로 자신을 표현해 보라고 말한다.

수어는 세계 공용어가 아니다. 국제적이지 않다. 하지만 이 나라 저 나라, 이 언어 저 언어 모두 기본적인 동작이 많이 비슷하다. 동작이 너무 다르면 마임을 이용하면 된다. 얼굴 표정과 몸동작 표현은 전 세계 공통이므로. 시간 개념을 표현할 때도 마찬가지다.

농인들이 들려주는 이야기 속 주인공들은 모두 정확히 자기 자리를 지키고 있다. 마치 연극 연출처럼 말이다. 아주 시각적이고 보편적이다.

아빠와 외삼촌이 일본에 갔을 때 일본어 단어를 아는지 모르는지는 중요하지 않았다. 그들은 10분도 지나지 않아서 일본 사람들이 하는 말을 대부분 알아들었다.

나 역시 외국에 갔을 때, 강아지가 길가에 오줌을 누는 것을 흉내 내면 현지인들은 내가 소가 아닌 강아지를 이야기한다는 것을 알아차렸다.

젊은 인도 농인이 나오는 키치적인 인도 단편영화를 본 적이 있다. 그녀는 수어를 썼다. 비록 다른 점이 있었지만 나는 그녀가 하는 말을 거의 다 알아들었다.

내가 이탈리아에 살 때, 우리 부모님에게 나폴리 지역에 사는 내 친구들을 소개한 적이 있다. 내 친구들은 불편한 기색 없이 팔을 활짝 벌리면서 우리 부모님을 환영해 주었다. 수어와는 전혀 관련이 없었으나 엄마 아빠는 다 이해했다. 많이 웃기도 했다.

자세히 들여다보면 프랑스 수어와 미국 수어 동작의 절반 가까이가 비슷하다. 대부분의 다른 나라 수어들도 프랑스, 미국 수어와 비슷하다. 수어는 매일 새롭게 바뀌는 살아 있는 언어다. 외국 단체나 농인 올림픽에 의해 수어는 전 세계로 확산된다.

그렇기에 호주 사람은 아프리카 사람과 이야기할 수 있고, 덴마크 사람은 호주 사람과 말할 수 있을 것이다. 그들은 서로를 빠르게 이해할 수 있다. 우리들과 다르게 말이다.

외삼촌은 퇴직 후 원맨쇼를 제작했다. 무대에서 수어와 마임을 섞어서 자신만의 방식으로 이야기를 들려주는 것이다. 농인들에게 기 외삼촌의 인기는 당대 코미디언 기 베도스를 능가할 정도였다. 외삼촌은 전 세계적으로 유명해졌고 지금은 국제적인 팬클럽을 가지고 있다. 그의 쇼를 보면 농인뿐 아니라 청인도 많이 웃는다.

＊

　나는 스물한 살이고 2년 전 집을 떠나 독립했다. 연
극 사건이 있은 후 부모님을 보는 날이 적어졌지만 부
모님은 항상 내 곁에 있었다. 내가 생각한 것보다 더 많
이. 수어와 나의 독특한 가정 환경 덕분에 첫 직장을 얻
었다. 그동안 내가 겪은 일을 생각하면 일종의 보상 같
았다.

　외삼촌, 에브 그리고 나는 산업 과학관에 취직했다.
외삼촌은 농인을 위한 과학 코너 진행자가 되었고, 에브
와 나는 수어를 쓰는 안내 데스크 직원으로 일했다.

　시간이 지날수록 우리가 받는 질문이 조금씩 바뀌었
다. 지금 가장 자주 받는 질문은 두 가지였다.

　"수어할 줄 아세요?"

"수어로 '안녕하세요'는 어떻게 말해요?"

에브와 나는 장난치는 것을 좋아했다.

"일단 한쪽 손을 쫙 펴고 엄지 끝을 코에 대세요. 그 다음 나머지 손가락을 조금씩 움직이면 돼요. 이게 수어로 '안녕하세요'예요."

외삼촌이 저녁때 안내 데스크에 오기 전까지 우리는 낄낄대며 웃었다. 외삼촌은 짜증을 내면서도 재미있어하며, 그래도 아무거나 되는 대로 말하지 말라고 했다. 며칠 동안 과학관 직원들이 외삼촌을 보며 '바보'를 뜻하는 수어로 인사했다. 외삼촌은 말했다.

– 여기 과학적 장소야. 진지해.

＊

　부모님을 자주 만나지는 않지만 부모님 생각을 하지 않고 지낸 날이 없었다. 그래서 이들과 관계를 유지할 연결고리를 찾아냈다. 프랑스 노래를 수어로 통역하기로 한 것이다. 이 일이 아주 마음에 든다. 말을 할 필요가 없고 연기를 못한다고 아무도 비난하지 않기 때문이다. 오히려 얼굴, 동작, 몸으로 여러 형태의 감정을 표현할 수 있었다.

　성공적이었다. 부모님은 감동을 받았다. 자신의 훌륭한 딸이 드디어 사람들에게 인정받는 것을 보고 나를 자랑스러워하셨다. 관객들도 좋아했다. 수어로 표현된 노래들이 이쁘고 감동적이긴 했다. 그렇게 파티나 결혼식 혹은 생일에 초대되어 이 일을 계속했다. 매번 큰 성

공을 거두었다. 아빠의 수어 수업 제자이자 영화 감독
겸 제작자 말고지아 드보우스카가 나에게 단편 영화를
만들자고 제안했다. 영화 제목은 〈오해(Maldonne)〉였고,
나는 영화 속에서 수어로 노래했다. 프랑수아즈 아르디
의 〈개인적인 메시지(Message personnel)〉라는 노래였다.
이 노래에서 내가 하는 말은 '기다려'라는 단어 하나뿐
이었다. 목소리를 내는 게 두려웠던 내게는 완벽한 일이
었다. 나는 단어를 속삭였다. 속삭임으로 충분했다.

　　　　✳

　1993년, 농인 여배우 에마뉘엘 라보리 주연의 〈작은
신의 아이들(Les Enfants du silence)〉이라는 연극이 나왔다.
에마뉘엘 라보리는 '몰리에르 상' 최우수 신인 연기상을
받았다. 연극도 인정을 받았다.

　프랑스의 농인 세계는 많이 변했다. 앞으로도 계속 달
라질 것이다. 너무 기쁜 일이다.

　아직 해야 할 일이 많다. 하지만 예전보다는 훨씬 나
아졌다.

　에마뉘엘 라보리 덕분이다.

　외삼촌 덕분이다.

　농인 단체 덕분이다.

　그리고 조금은 우리 엄마 아빠 덕분이기도 하다.

TV를 켰다. TF1* 채널에서 라가프가 진행하는 〈빅딜〉이라는 프로그램을 방영하고 있었다. 채널을 돌리려는데, 방청석에 엄마가 앉아 있는 것이 아닌가? 옆자리에는 외숙모가 있었다. 창피하게 저기서 뭐 하는 거지?

그것은 시작에 불과했다. 진행자인 라가프가 특별한 게스트의 출연을 알렸는데, 바로 외삼촌이었다. 그것도 에브와 함께! 에브는 방송 내내 통역사 역할을 했다.

눈이 휘둥그레졌다. 어디선가 둥둥 북소리가 들리는 듯했다. 외삼촌이 머리 옆에서 양손을 반짝반짝 흔들며

* 프랑스의 대형 민영 TV 방송사

등장했다. 방청석에서도 반짝이는 박수 소리로 게스트를 맞았다. 엄마도 두 손을 반짝반짝 흔들며 자랑스럽게 웃고 있었다.

외삼촌은 무대 중앙에서 자기소개를 했고, 에브는 자연스럽게 통역을 했다. 라가프는 30초마다 웃음을 터트렸다. 나는 화면 앞에서 놀란 채 가만히 보고 있었다.

이 프로그램에서는 게임을 하고 이기면 선물을 받는데, 외삼촌이 할 게임은 '몸으로 말해요'였다. 외삼촌이 제시어를 보고 마임으로 설명하면, 뒷사람이 똑같이 따라 하고, 마지막 차례인 에브가 무슨 뜻인지 알아맞히는 게임이었다. 당연하게도 줄 중간쯤 왔을 때 수어 동작은 전혀 다른 이상한 것으로 변해 있었다. 에브 바로 앞에 있는 사람이 한 마임은 아무런 의미가 없는 동작이 되어 있었다. 하지만 에브는 매번 알아맞혔다. 에브는 방청석을 마주 보고 서 있었는데 거기에 엄마가 있었기 때문이다. 엄마는 수어로 답을 알려주고 있었다.

수어가 아주 편리한 언어임은 확실했다. 조용하고 멀리서도 잘 보이고, 특히 우리 가족에게 멋진 요거트 제조기를 선물해 주었기 때문이다.

외삼촌이 방사선 치료를 앞두고 있었다. 치료 날, 임
신 7개월 차인 발레리가 외삼촌과 함께 병원에 갔다. 병
원에서 외삼촌에게 방사성 요오드를 투여했다. 발레리
에게 유산 가능성이 있으니 외삼촌에게 가까이 가지 말
라고 했다. 상관없었다. 카페 한쪽 구석에 발레리가, 다
른 쪽 구석에 외삼촌이 앉아서 둘은 그렇게 멀리서 조
용히 수어로 대화를 나누었다.

나는 말이 많다. 다들 그렇게 이야기한다.

하지만 실제로 내가 얼마나 말이 없는지 안다면 깜짝
놀랄 것이다. 우리 집에서 진정한 벙어리는 나였다. 특
히 애정이나 감정에 대해서는 잉여와 같았다. 내가 사랑
한다고 유일하게 말할 수 있는 존재는 내 아이들뿐이다.

"우리는 그런 소리를 못 듣고 자라서 그래."

에브는 끊임없이 이렇게 이야기해 주었다.

한 번도 들어본 적이 없기에 말로 표현할 수 없는 것.

성에 대해 이야기하는 것에는 아무런 문제가 없었다.
내게는 그 주제에 대해 말하는 것이 금기시되거나 정숙
하지 못하다고 생각되지 않았다. 엄마 덕분이다. 하지만
감정이나 내가 느끼는 것에 대한 이야기는 다른 문제

였다. 그것이 나의 콤플렉스였다. 동굴에 갇힌 듯 내 자신을 닫고 살았다. 속세를 떠나 나만의 세상에 갇혀 있었다.

나를 가둔 침묵의 세계.

다른 이들에게는 가슴 아픈 이야기지만 내게는 악몽이었다.

아빠는 핸드폰이 생긴 이후로 나에게 사랑한다고 문자를 보냈다. 나도 문자로 아빠에게 사랑한다고 대답했다. 하지만 아빠 앞에 서면 아빠 눈을 쳐다보고 사랑한다고 말하지 못했다. 내 입은 닫혀 있었고 손은 주머니 속 깊숙이 들어가 나오지 못했다.

임신을 했다.

겁이 났다.

9개월 동안 괴로웠다.

내 딸이 만약 농인이라면?

나는 어떻게 해야 하지?

아이 아빠한테 뭐라고 이야기해야 할까?

그에게 이 고통을 떠넘기고 싶지 않았다.

의사는 나를 안심시켰다.

"아버님은 병으로 청력을 잃으셨죠?"

"네, 하지만 엄마와 외삼촌은 태어날 때부터 듣지 못했어요."

"조상 중에 청각장애를 가진 분이 있었나요?"

"아니요."

드디어 출산일.

딸을 낳았다.

딸을 본 순간, 딸이 농인이든 아니든 상관없었다.

내 딸이었고, 내 딸을 사랑했다. 그저 내 딸일 뿐이다.

혹시나 해서 나는 두 손으로 박수를 쳐보았다.

그냥 확인해 보고 싶었다. 아기가 들썩거린다.

들을 수 있는 것이다.

3년 후 아들을 낳을 때는 스트레스를 덜 받았다. 누나
가 들을 수 있다면 동생도 들을 수 있을 것이라 생각했
다. 하지만 조금 걱정이 되긴 했다.

아기를 내 배 위에 올려놓았다. 얼마나 사랑스러운지!

내가 말을 하니 반응을 한다. 박수를 치니 소스라친
다. 들을 수 있다.

드디어 불행이 끝난 것이다.

✳

다시 시작해야 한다면?

나는 엄마 아빠를 좋아했다.

그들을 미워했다.

그들을 밀어냈다.

그들을 존경했다.

그들을 창피해했다.

그들을 보호해 주고 싶었다.

그들을 지루해했다.

죄책감을 느꼈다.

부모님이 말할 수 있었으면 좋겠다고 생각했다.

하지만 지금은 아니다.

오늘의 나는 엄마 아빠가 자랑스럽다.

그들을 지지한다.

그리고 그들을 사랑한다.

부모님이 이 사실을 알았으면 좋겠다.

코다 다이어리

초판 1쇄 인쇄 2023년 1월 3일
초판 1쇄 발행 2023년 1월 10일

지은이 베로니크 풀랭
옮긴이 권선영
펴낸이 이범상
펴낸곳 (주)비전비앤피 · 애플북스

기획 편집 이경원 차재호 김승희 김연희 고연경 최유진 김태은 박승연 이정주
디자인 최원영 한우리 이설
마케팅 이성호 이병준
전자책 김성화 김희정
관리 이다정

주소 우)04034 서울시 마포구 잔다리로7길 12 (서교동)
전화 02)338-2411 | **팩스** 02)338-2413
홈페이지 www.visionbp.co.kr
인스타그램 www.instagram.com/visionbnp
포스트 post.naver.com/visioncorea
이메일 visioncorea@naver.com
원고투고 editor@visionbp.co.kr

등록번호 제313-2007-000012호

ISBN 979-11-92641-03-4 03860

· 값은 뒤표지에 있습니다.
· 잘못된 책은 구입하신 서점에서 바꿔드립니다.

도서에 대한 소식과 콘텐츠를
받아보고 싶으신가요?